목련공원

도서출판 아시아에서는 《바이링궐 에디션 한국 현대 소설》을 기획하여 한국의 우수한 문학을 주제별로 엄선해 국내외 독자들에게 소개합니다. 이 기획은 국내외 우수한 번역가들이 참여하여 원작의 품격을 최대한 살렸습니다. 문학을 통해 아시아의 정체성과 가치를 살피는 데 주력해 온 도서출판 아시아는 한국인의 삶을 넓고 깊게 이해하는 데 이 기획이 기여하기를 기대합니다.

Asia Publishers present some of the very best modern Korean literature to readers worldwide through its new Korean literature series ⟨Bi-lingual Edition Modern Korean Literature⟩. We are proud and happy to offer it in the most authoritative translation by renowned translators of Korean literature. We hope that this series helps to build solid bridges between citizens of the world and Koreans through rich in-depth understanding of Korea.

바이링궐 에디션 한국 현대 소설 022

Bi-lingual Edition Modern Korean Literature 022

Magnolia Park

목련공원

Lee Seung-u

ASIA
PUBLISHERS

Contents

목련공원

Magnolia Park

"은사님 뵈러 가는 모양이지요?"

택시에 올라타고 얼마 가지 않아서 기사가 그렇게 물었다. 나는 룸미러 속에서 어딘지 통속적으로 보이는 표정을 짓고 있는 택시기사의 얼굴을 멀뚱히 바라보았다. 정신이 그다지 혼란스럽지 않은데도 그 남자의 질문이 잘 이해되지 않았다.

"중학교 때 선생님인가요? 사람에 따라 다르겠지만, 내 경우는 중학교 때 선생님이 제일 안 잊혀지더라구요…… 고등학교나 대학교 은사는 왜 아니냐고 안 물어봐요? 왜 그러냐면요. 나는 중학교밖에 안 다녔거든요. 실은 성질이 워낙 급해서 중학교도 다 못 채웠어요. 그러니까 고등

"Guess you must be going to pay your respects to an old teacher of yours?"

I hadn't been in the taxi long before the driver began speaking to me. I looked at the face of the taxi driver blankly, his expression ordinary and reflected in the rearview mirror. I wasn't feeling particularly hung-over, but I still had trouble understanding what he was asking me.

"Middle school teacher maybe? It's different for everyone, but for me my middle school teacher was the most unforgettable... You might be wondering why not a high school or college teacher, right? Well, the reason is—I never went past middle

학교나 대학교 은사님에 대한 기억이 있을 수 없지요."

택시기사는 스스로 썩 재치 있는 말을 했다고 생각하는 모양이었다. 그런 자신이 자랑스러운지 혼자서 낄낄거리며 만족스럽게 웃었다. 목소리는 컸지만 무겁지 않았다. 그의 큰 입이 룸미러 속에서 위아래로 흔들렸다. 통속적일 뿐 아니라 단순하기도 한 남자라는 느낌이 그 순간 들었다. 그가 자신의 재치 있는 말재주에 대해 호의적인 어떤 반응을 기다리고 있다는 건 분명했지만, 아쉽게도 나는 그의 기대를 충족시켜 줄 준비가 되어 있지 않았다. 도대체 어떤 반응인가를 보인다는 것이 불가능했다. 왜냐하면 나는 그가 웬 선생님 타령을 하는지, 적어도 그 순간에는 짐작도 할 수 없었기 때문이다.

아내는 강변역에서 내리면 남양주까지 가는 좌석버스를 탈 수 있을 것이라고 일러주었다. 더할 수 없이 건조한 목소리이긴 했지만, 사정이 사정인만큼 그녀 딴에는 꽤 친절을 베푼 셈이었다. 물론 아내는 단지 자신에게 주어진 일을 어쩔 수 없이 한 것뿐이라고 주장할 수 있고, 또 그것이 사실인지 모른다. 하지만 그녀의 설명을 전화기를 통해 들으면서 나는 무엇 때문인지 그녀가 내게 친절을 베풀고 있다는 생각을 했다. 진실을 말하면 그녀의 친절

school. And I was in such a rush to be done I didn't even finish properly. So *that's* why I don't have any memories of any high school or college teachers."

The taxi driver seemed to think that he had said something clever and laughed contentedly. His voice was loud, but not bellowing. His large mouth moved up and down in the rearview mirror. Looking at him, I suddenly felt that he was not only ordinary, but also simple. It was obvious that he was expecting something of a friendly response to what he believed was his witty remark. Unfortunately, however, I wasn't prepared to satisfy his expectations. I wasn't actually capable of making any response at all. At that moment it was impossible for me to even make guess as to why he was even going on about teachers at all.

My wife had told me that if I got off at the Gangbyeon subway station I could catch an express bus. Her tone was as dry as could be, but given the situation, that was her being kind in her own way. Of course, she could argue that by calling me, she hadn't done any more than was expected of her, and maybe that was the truth. But while I listened to her instructions over the phone, it almost seemed like she was being kind to me for some ulterior rea-

은 반갑기 전에 우선 불편했다. 익숙하지 않은 탓이었다. 그 점은 그녀 역시 마찬가지일 터였다. 우리 두 사람은 불편을 내색하지 않고 전화를 끊었다. 그럴 정도로 우리는 여태도 이성적이다.

택시는 쉽게 잡혔다. 내가 강변역에서 좌석버스를 타지 않고 택시를 잡아탄 것은 아내를 거역하고 싶은 무슨 오기 같은 것이 발동해서가 아니었다. 그것은 순전히 나의 게으름 탓이었다. 나는 제시간에 일어나지 못했다. 며칠간의 여독(旅毒)이 늦잠을 자게 했다고 구실을 댈 수 있다. 11시간이나 비행기를 타고 전날 오후에 서울로 돌아온 것은 어쨌거나 사실이니까. 거기다가 공항에서 곧바로 회사로 달려가 출장보고를 한 후 직장 동료들과 어울려 기분 좋을 만큼 술을 마신 것도 사실이었다. 몇 달 전부터 혼자 살고 있는 원룸 형식의 13평짜리 오피스텔로 돌아온 것은 11시가 지난 다음이었고, 아내의 전화를 받은 것은 그로부터 30분쯤 후, 그러니까 자정이 되기 직전이었다.

"연락이 안 돼서 못 전했어요. 내일이 발인인데…… 술을 많이 마셨군요. 지금 오긴 어렵겠네요. 길도 멀고 시간도 너무 늦었고…… 내일 아침 서둘러서 오세요. 아니, 그럴 필요 없겠네요. 거기서는 장지(葬地)가 더 가깝겠어요.

son. Her kindness, honestly, was more disconcerting than welcome. I just wasn't used to it. It was probably just as awkward for her, too. Without either of us letting on how uncomfortable we were, we both hung up. But that was just us still being cool towards each other.

I didn't have any problems catching a cab. I didn't take a cab instead of a bus because I wanted to spite my wife, or out of pride, or anything like that. I'd simply been slow getting out of the house that morning. I'd overslept. I could make the excuse that I'd been unable to wake up because I had been exhausted, having spent the previous few days on a business trip. Which was true, after all. I had just arrived back in Seoul the previous afternoon after spending eleven hours on an airplane. And it was also true that I had dashed straight from the airport to the office to submit my trip report. And true again that after that I had gone out for a few drinks with some of my coworkers. So it was about eleven when I got back to the small, thirteen *pyeong*[1] studio I'd been living in by myself for the last few months, and it was thirty minutes after that—so just before midnight—when my wife called.

"I couldn't get ahold of you to tell you," she

곧바로 그리로 오세요. 여기는 내가 잘 말해 뒀으니까 괜찮고요……"

아내는 애써 감정을 감추고 지극히 건조한 목소리로 손윗동서의 부음을 전했다.

동서의 부음은 그다지 나를 놀라게 하지 않았다. 알코올의 영향을 받아 둔해진 탓이라고 말할 수는 없었다. 물론 지나치게 침착한 아내의 태도 탓만도 아니었다. 그녀는 늘 지나치게 친착하거나 냉담했고, 그 지독한 침착함 혹은 냉담함에 나는 익숙해져 있었다. 익숙해 있었다는 것은 때때로 질리기도 했다는 뜻이다. 그러나 그런 것 때문이 아니었다. 내가 동서의 부음을 전해 듣고도 놀라지 않은 것은 그의 죽음이 예정되어 있었기 때문이었다. 죽음이 예정되어 있었다고? 그렇다. 하기야 죽음이 예정되어 있지 않은 목숨이 어디 있겠는가. 그런데도 유독 그는 그랬다.

아내가 그의 죽음을 알려주는 순간, 맥이 탁 풀려나가면서 갑자기 술을 조금 더 마시고 싶어졌다. 목이 몹시 말랐다. 그렇게 지독한 갈증은 아마도 처음인 것 같았다. 나는 술병을 꺼내들고 자리로 돌아와 병째 마시기 시작했다. 술이 저절로 목구멍을 타고 넘어갔다. 아무리 마셔도 갈

began. "Tomorrow is the burial and... Oh. You're drunk. Looks like you won't be able to come tonight then. It's a long trip and it's already pretty late... Just come straight here first thing tomorrow. Actually, you don't even need to do that. The cemetery's closer from where you are. Why don't you head there directly? I've already smoothed things over here, so there's no need for you to come here first..."

My wife tried her best not to let her voice betray her feelings as she informed me her older sister's husband had passed.

It didn't surprise me much that my wife's brother-in-law had died—and not just because I was numbed from all the alcohol I had just drank. And it also wasn't because of the detached way my wife told me about his death. She had always been a bit distant and a bit too cold, and I was already used to that feeling from her, strong as it was. When I say I was used to it, though, I mean it got on my nerves sometimes.

But none of those were the real reason I wasn't surprised. The reason I wasn't surprised when I heard my wife's brother-in-law had died was it had been expected. Expected? That's right, his death

증이 사라지지 않았다. 그래서 자꾸만 마셨다. 그리고 필시 술기운을 빌려 눈물을 조금 보였을 것이다.

언제 잠이 들었는지는 잘 생각이 나지 않는다. 일주일 간의 해외 출장에서 묻혀온 피로에다가 간밤에 들이부은 독주의 기운이 가세해서 의식을 혼미하게 만든 모양이었다. 일어나야 할 시간을 놓친 것은 그 때문이었다. 나는 너무 늦게 잤고, 너무 늦게 일어났다. 거기다가 눈을 뜨고서도 얼마 동안은 간밤에 이내와 나누었던 통화의 내용을 기억해 내지 못했다. 방 안으로 쳐들어온 햇살이 자잘한 먼지들을 공중에 날리고 있었는데도 그랬다. 그저 지끈거리는 머리를 방바닥에 찧으며, 시간에 맞춰 출근하기는 이미 틀렸지만 출장 다음 날이니 웬만큼 늦더라도 크게 눈총을 받지는 않을 거라며 여유를 부리고 있었다. 심지어는 조금 더 뭉그적거려도 괜찮을 것 같다는 생각까지 했다. 그러다가 어느 한순간에 나는 발밑에 뒹구는 술병을 발견했고, 그 술병은 몹시 참기 힘들었던 지난밤의 목마름을 떠올리게 했다. 그러자 걸러내지 않은 술 찌꺼기처럼 몸의 한구석에 남아 있던 숙취가 화급히 빠져나가는 듯했다. 나는 서둘러 시계를 보았다. 맙소사, 소리가 저절로 입 밖으로 튀어나왔다. 너무 많이 자버린 것이다. 나는

was expected. And while it's true in a way that death is expected for every living being, it was especially true for him.

As soon as my wife told me he was gone, I felt glum and suddenly wanted a bit more to drink. I felt a thirst. A thirst that was maybe greater than I'd ever felt before. I got something to drink, came back to my seat and started tipping it back straight from the bottle. It almost poured itself down my throat. But no matter how much I drank I was still thirsty. So I drank a lot. And I may have even shed a few alcohol-inspired tears.

I'm not sure what time I fell asleep. I was already worn out from the weeklong business trip abroad, and I must have passed out after the very liberal amount I drank alone in my room. That was why I overslept. I had gone to bed too late and woke up too late. Even after I opened my eyes, it took a while for me to remember what my wife and I had talked about the night before.

Light was already streaming into the room, scattering tiny particles of dust through the air, but I couldn't remember what she had said. I pressed my throbbing head against the floor and took my time getting up. I was already late for work, but, given

벌떡 몸을 일으켰다.

아내가 가르쳐준 대로 강변역까지는 전철을 탔다. 급히 세수를 하고 면도를 했지만, 내 몰골은 초상집에서 밤을 새운 사람보다 더 꺼칠했다. 숨을 내쉴 때마다 여태도 입에서 술 냄새가 풀풀 나는 것 같았다.

강변역에 내리자마자 곧바로 택시를 잡았다. 좌석버스를 기다릴 여유가 없었다. 회사에 전화를 해주어야 한다는 생각도 그때까지는 들지 않았다. 나는 곧장 목련공원으로 가자고 했고, 차가 출발하기도 전에 목적지까지 얼마나 걸리겠느냐고 물었다. 택시기사는, 속도를 내서 달리지 않더라도 1시간이면 족하다고 대답했다. 1시간이나? 그러면 11시가 되어버릴 것이고, 11시는 결코 빠른 시간이 아니었다. 잘못하면 장례의식이 모두 끝난 후에나 도착할지도 모르는 일이었다. 친척들의 따가운 시선도 걱정이지만, 무엇보다도 그것은 고인에게 면목이 서지 않는 일이었다.

그가 살아 있을 때 나는 그와 친하지 않았다. 나는 그가 나와는 너무 다른 사람이라고 생각했었다. 어느 정도는 나의 판단이 옳았다. 하지만 사람이 다르면 얼마나 다르겠는가. 그를 생각하면 가슴이 쓰라렸다.

that I had just gotten back the day before from a business trip, no one would say anything if I was a bit late. I even told myself that it would be fine if I just took my time getting ready. Then I saw the bottle at my feet. Seeing the bottle reminded me of the unbearable thirst I had felt the night before, and then my hangover, which had been lingering in the recesses of my body like the dregs at the bottom of a bottle of wine, drained rapidly away. My eyes darted to my watch.

"Dammit!"

I had slept too late. I shot upright.

Just as my wife had told me, I took the subway to Gangbyeon station. I quickly washed my face and shaved, but I looked worse than a mourner who had stayed up all night for a funeral.[2] The smell of alcohol billowed from my lips with every breath.

As soon as I got off at Gangbyeon station, I caught a cab. I just didn't have time to wait for the bus. It wasn't until then that I thought to call the office. Right away, I asked the taxi driver to take me to Magnolia Park. Before he even got the car moving, I asked him how long it would take. He said even if we didn't drive especially fast we should get there within an hour. An hour? Then I wouldn't arrive

"되도록 빨리 가주세요."

그렇게 말해 놓고 나는 좀 멍하니 앉아 있었다. 멍해 있었다는 것은 나의 표정이 그랬다는 것이지 아무 생각도 하지 않고 가만히 앉아 있기만 했다는 뜻은 아니다. 오히려 머릿속은 순서 없이 치솟는 상념들 때문에 혼잡하고 무질서했다.

그랬으므로 택시기사의 느닷없는 질문이 귀에 들어올 리 없다. 은사님을 만나러 가느냐고? 무슨 뚱딴지 같은 소리란 말인가? 그야말로 느닷없고 뜬금없는 질문이었다. 나는 대체 무슨 말이냐고 물을 수밖에 없었다.

"목련공원에 간다면서요? 스승의 날이라서 선생님 묘소에 찾아 가는 거지요? 참 좋은 일입니다. 선생님이 얼마나 좋아하겠습니까?"

내가 성급하게 판단한 바에 따르면, 내가 타고 있는 택시를 운전하는 기사는 호탕하고 단순한 만큼 둔감해 보이기도 했다. 예컨대 그 사람은 화투판에서 자기 패만 보고 흥분하는, 남의 패를 전혀 신경 쓰지 못하는 사람을 떠올리게 만드는 위인이었다. 말이 많은 운전기사들이 대개 그렇듯이 그는 제 말에 취해 있었다. 질문을 해놓고도 상대방의 대답을 기다리지 않고 자기 말을 계속하는 것이

until 11 and I was already late as it was. If anything went wrong, I might miss the funeral entirely. I was worried about what my in-laws might think, but more than that, it was simply disrespectful to the deceased.

I wasn't close with him even when he was alive. I always thought we were just too different. And, to some degree, I was right. But how different can two people really be? Even thinking about him pained me.

"Please, go as fast as you can," I said, then sat back and stared out the window absentmindedly. By that, I mean only I looked like I was starting out the window absentmindedly. Not that my mind was totally there, though. In fact, with all the jumbled ideas that kept popping up in my head, my mind was a confused, chaotic mess.

Given my state of mind, there was no way I could have fully comprehended the driver's question. Going to pay my respects to my teacher? What sort of ridiculous question was that? It was sudden and completely unexpected. I had to ask him what he meant.

"You said you're going to Magnolia Park, right? And since today is teachers' day, you must be going

그 증거였다. 이런 경우에는 그냥 고개만 끄덕이면서, 혹은 입가에 호의적인 웃음이나 만들어 붙이고서 조용히 앉아 있으면 그만이었다. 보통 때 같았으면 그랬을 것이다. 그리고 그때도 마땅히 그랬어야 했다. 그런데 엉뚱스레 무슨 충동이 일어난 것일까. 갑자기 그 택시기사의 대단치 않은, 사실은 조금도 궁금하지 않은 궁금증을 풀어주고 싶어졌다. 아마도 나는 그 순간에 내 속에서 와글거리고 있는 그 혼잡스러운 생각들을 단속해야겠다고 느꼈을 것이고, 그러자면 말의 도움이 필요하다고 판단했던 것 같다. 성대를 통해 머릿속에 들어 있는 생각들을 밖으로 내보냄으로써 세상에 적응할 만한 물건들을 분별해 내는 경험이 나에게는 흔했다. 말을 통해 생각들이 비로소 몸을 얻는다고 할까. 말을 한다는 것은, 그러니까 나에게는 꽤 중요한 모색의 방법이었다.

"오늘이 스승의 날인지도 몰랐네요."

"그래요? 나는 또 목련공원에 간다길래…… 그러면 이렇게 일찍 무슨 일로 거길 갑니까?"

"결혼식이 있어서요."

"결혼식요?"

"아니, 장례식요."

to visit the grave of your teacher? It's a good thing you're doing. I'm sure your teacher will be really happy, wherever he is."

My snap judgment of the driver was that he appeared to be as dense as he was generous and straightforward. He made me think of the sort of man who, in a game of *hwatu*,[3] would get excited looking at only his own hand without thinking at all about everyone else at the table. He was the kind of person who got drunk on the sound of his own voice, just like so many other garrulous taxi drivers. The proof of this was the way he wouldn't wait for a reply even after his own questions, and would just continue on with whatever he was talking about. In situations like this, I usually just sit quietly by, nodding my head or feigning a friendly smile.

And that's what I should have done in that cab as well. But a strange feeling came over me then, and I suddenly wanted to give the driver's unremarkable, not-really-that-curious-at-all curiosity some sort of satisfaction. Maybe I felt that I needed to get the confused thoughts seething inside of me under control, and believed that I needed to put them into speech to make that happen. It was often only by voicing my thoughts that I was able to discern

기사는 탐색하는 눈빛이 되어 룸미러 속을 신중하게 들여다보았다. 그 사람보다 더 당황한 것은 나였다. 나는 서둘러 설명을 보탰다.

"사실은 둘 다예요."

"둘 다요?"

"공교롭게도 그렇게 되었어요."

나는 얼른 대답하고는 시선을 피했다.

공교롭게도 그렇게 되었나. 목련공원은 상례식상이면서 동시에 결혼식장이기도 했다. 어떻게 그럴 수 있단 말인가? 운전기사는 그런 표정이었다. 하지만 사실이 그랬다. 나는 장례식장에 가는 길이지만, 같은 시간 그곳에서는 누군가 결혼식을 올리기도 하는 것이다. 나는 그 사실, 그 기막힌 공교로움에 대해 애써 심각하게 생각하지 않으려 했다. 나는 그 결혼식에 가고 싶은 마음이 없었다. 따지고 보면 꼭 가야 할 자리라고 할 수도 없었다. 그랬으므로 갑작스럽게 세상을 떠난 그 양반의 장지가 그곳이 아니었다면 나는 결코 목련공원을 향해 출발하지 않았을 것이다. 내가 목련공원에 가는 것은 장례식 때문이지 결혼식 때문이 아닌 것이다. 그런데 이상하다. 아무리 엉겁결이라고는 해도 어떻게 내 입에서 결혼식에 간다는 말이

which of them were capable of adapting to the real world. It's like thoughts take corporeal form when they're spoken. So, for me, speaking is one of the most important ways to sort through my thoughts.

"I had no idea today even was teachers' day."

"Really? I figured since you were going to Magnolia Park that... Anyhow, what's taking you out there so early today then?"

"A wedding," I said.

"A wedding?"

"Er, actually a funeral."

The driver gave me a cautious, probing glance through the rearview mirror. But I was even more confused than he was. I hastily tried to explain.

"Actually, it's both."

"Both?"

"It's a coincidence," I quickly responded before looking away.

And it was a coincidence. Magnolia Park was used for both weddings and funerals. The driver's expression seemed to be asking: How was that possible? But it was the truth. I was on my way to a funeral, but someone was also holding a wedding in the same place at the same time. I was trying to not think too hard about what a strange coincidence it

'장례식'에 앞서 튀어나왔을까. 내심으로는 결혼식에 더 신경이 가 있다는 뜻일까.

지난밤, 아내의 전화를 통해 장지가 목련공원이라는 걸 전달받았을 때 나는 미리 청첩장을 받아두었던 어떤 결혼식을 상기하지 않으려고 무척 애를 써야 했다. 그러나 그 기막힌 공교로움을 무시해버릴 수는 없었다. 벌써부터 가지 않을 작정을 하고 있었지만, 그런 작정과는 상관없이 가지 않을 수 없게 되어버린 상황은 좀 미묘한 느낌을 주었다. 덜컥 제동이 걸리는 듯했다. 지난밤의 유난스러운 갈증과 폭음을 나는 순전히 너무 허망하게 이 세상을 떠나간 고인에 대한 안타까움과 쓸쓸함 때문인 것처럼 말했지만, 그것은 위장되었거나 과장된 것이다. 그것이 전부가 아니었다. '목련공원'이라는 공간이 연상시킨 결혼식, 결코 우연이라고 해버릴 수 없는 그 섬뜩한 공교로움에 더 큰 이유가 있었던 것이다. 하필이면 그곳일까? 나는 기억을 뿌리치듯 고개를 흔들었다.

"요새는 거기서도 가끔씩 결혼식을 하긴 하데요. 미술관 안의 조각공원이 썩 괜찮다면서요? 근데 참, 어떻게 결혼식하고 장례식이 한날 잡혔어요? 아무리 생각해도 참 신기한 일이네요."

was. I didn't want to go to the wedding, and I wasn't even obligated to attend. If my wife's brother-in-law hadn't suddenly passed away, or if his funeral hadn't been at Magnolia Park, I wouldn't have gone there in the first place. I was going to Magnolia Park for the funeral, and not for the wedding. But it was odd. Even if it was just something I said in the spur of the moment—why did I blurt out 'wedding' before 'funeral'? Maybe it was because I had been thinking more about the wedding than the funeral.

When my wife called the night before, I had to struggle to not think of the wedding I had already been invited to. I couldn't just ignore the amazing coincidence of it all. I hadn't been intending to go to the wedding, but then, whether I wanted to go or not, there was now this funeral that made not going impossible. This whole situation made me feel rather odd, like someone had suddenly stomped on my brakes.

I may have just made it sound like my unusual thirst and the previous night's excessive drinking were only related to the sadness and pain connected with that man's meaningless death, but that was just dissimulation or, at the very least, exaggeration.

택시기사는 미심쩍은 기색을 거두지 않았다. 그녀의 결혼식과 손윗동서의 장례식이 같은 날 같은 장소에서 이루어지게 된 그 우연의 내막을 내가 어떻게 설명할 수 있단 말인가. 그도 그녀를 모르고, 그녀 역시 그를 모르지 않는가. 그렇다고 내가 그들 가운데 누구를 잘 안다고 할 수 있는가? 그녀를? 아니면 그를?

혹시 내가 설명할 수 있는 게 있다면 그것은 그의 죽음이나. 그의 실명힐 수 없는 죽음이디.

아내는 별거를 시작한 후 정확히 세 번 전화를 걸어왔다. 지금 생각해 보니 그 세 번이 모두 고인이 된 그녀의 형부 때문이었다. 첫 번째 전화가 걸려온 것은 두 달 전쯤, 그러니까 타협의 여지가 없는 그녀의 강력한 요청에 따라 우리 부부가 별거를 시작하고 5개월이 지난 후의 일이었다. 그동안 나는 여러 차례 전화를 걸었지만, 그녀가 전화를 걸어온 것은 그때가 처음이었다. 그녀는 잘 지내느냐고 물었고, 나는 사는 것 같지 않다고 다소 의기소침한 목소리로 대답했다. 나는 그녀가 나의 말이나 목소리에서 연민을 느껴주기를 은근히 기대했지만 그녀는 그렇게 호락호락한 여자가 아니었다. "내가 전화한 것은……." 하고 곧바로 용건을 꺼냄으로써 아내는 자신의

But it wasn't just that. More than that, it was hearing the words 'Magnolia Park' and this recent turn of uncanny events that reminded me of events that I was unable to pass off as simple coincidence— events that had come about forcing me to come. Of all the places, why there? I shook my head as if shaking off my memories of the place.

"They sometimes have weddings there these days. Apparently the sculpture garden in the museum is supposed to be pretty nice. But, really, how can a wedding and a funeral end up being on the same day? No matter how you figure it, it's really something else," the taxi driver said, although he still looked skeptical.

But how could I possibly explain the circumstances that resulted in the coincidence of that woman's wedding, and my wife's brother-in-law's funeral happening on the same day at the same place? After all, he didn't know her, and she didn't know him. And which of them did I know better? Her? Or maybe him?

Inexplicable as the death of my wife's brother-in-law was, if there's anything I *could* explain, it was this:

Since our separation, my wife had called exactly

전화가 개인감정과 상관없다는 걸 분명하게 시위했다. 그녀는 그런 여자였다.

"내가 전화한 것은, 이번 주 토요일 저녁에 언니네 집들이가 있다는 걸 알려주려고요. 열흘 전에 새 아파트에 입주했어요. 시골에서 부모님도 올라오시고 그러니까, 빠지지 않는 게 좋겠어요. W시예요. 오원동 민들레아파트 12동 1105호예요. 6시까지 찾아오세요."

"알았어. 별일 없이?"

"무슨 일 있길 바라요?

"그럴 리가."

"끊을게요."

"당신 아직도 나를……."

내 말이 끝나기도 전에 아내는 냉정하게 전화기를 내려놔 버렸다.

그녀의 언니네가 아파트를 얻어 입주했다는 소식은, 적어도 그녀의 친척들에게는 굉장한 뉴스거리임에 틀림없었다. 그들 부부는 15년 전에 결혼했고, 이번에 들어간 아파트는 그들이 첫 번째로 마련한 집이었다. 그녀의 언니는 나이가 마흔이고, 형부는 마흔다섯이었다. 그 나이가 되도록 자기 소유의 집 한 채를 장만하기 위해 그들 부부

three times. And now that I think about it, those three calls were all about the same brother-in-law. The first call was about two months earlier, which made it about five months after my wife made a non-negotiable demand for our separation and I moved out. During those five months, I called my wife several times, but she never called me. When she did finally call, she asked me how my life was, and I replied in a rather downcast voice that it could barely be called a life. I was secretly hoping that she might feel some pity for me, either because of what I had said or because the tone of my voice. But she wasn't the sort of woman who could be won over so easily. When she started with "The reason I called is..." and went straight to her point, she made it clear that her call had nothing to do with her own personal feelings. That was the sort of woman she was.

"The reason I called is to let you know that this Saturday evening my older sister is going to be having a housewarming party," she said. "They just moved into a new apartment ten days ago. My parents will be coming up from the countryside, so it would be best if you came. Their house is in the city of W_____ , in O-won-dong. Dandelion

가 얼마나 필사적으로 살아왔는지를 그들을 아는 사람 가운데는 모르는 사람이 없었다. 그들을 안다는 것은 곧 그들의 '내 집'에 대한 집착과 그 집착을 현실화하기 위한 안간힘을 안다는 뜻이었다.

가진 돈을 모두 털어넣고, 친척들로부터 그 이상의 돈을 융통해서 독서실을 내고, 그 한쪽 구석에 조그맣게 방을 만들어 두 아이와 함께 7년을 살아온 사람들이었다. 남편은 근처 속셈학원의 운전기사 노릇을 하고 몸이 뇌년 아내가 교대해서 독서실을 지켰다. 7년 동안.

그 7년 이전의 사정이라고 다른 게 없었다. 남편은 막노동꾼이나 다름없는 서적도매상의 희망 없는 영업사원이었고, 아내는 서울 외곽에 있는 한 백화점의 점원이었다. 아내는 출근하기 위해 1시간 반 동안 전철을 타야 했다. 내가 아는 한 그들 부부는 한순간도 일을 쉬어본 적이 없었으며, 게으름을 피우지도 않았다. 함부로 시간을 허비하거나 돈을 낭비하는 사람들이 아니었다. 15년 동안 여름 휴가를 한 번도 가지 않았다고 했다. 융통성이 없다는 인상은, 특히 그 남편으로부터 여러 차례 받았지만, 불성실하다든지 분수를 모른다든지 하는 인상과는 거리가 멀었다. 그런데도 사는 모습은 언제나 궁상맞고 초라했다.

Apartments, Building 12, #1105. Be there by six."

"Got it. Everything alright with you?" I asked.

"Why? Is there something I need to worry about?"

"No. Of course not."

"I'm hanging up," she said.

"But to you, am I still..."

She hung up before I could finish.

That my wife's sister had bought an apartment was big news, at least for my wife's family. My wife's sister had been married for fifteen years, and the apartment they had just moved into was their first home. My sister-in-law was forty years old then, and her husband was forty-five. There was no way that anyone who knew them could have failed to recognize how much they had struggled just for the sake of buying a house. To know them was to know just how desperate they were to own a home, and how they had slaved away to make that happen.

Seven years before they bought this apartment, they had put all their savings and some money they had borrowed from relative into renting out one floor of a building. They divided it up into small cubicles and rented them out as study spaces for middle school and high school students. In one corner of the floor, they had also built a small room

물려받은 재산이 없었다는 것을 그들의 곤궁한 형편의 결정적인 사유로 지적해야 하는 현실이 가슴 아프다. 그래서 그랬는지 그들 부부의 집에 대한 집착은 누구보다 강했다.

결혼 초기부터 32평짜리 아파트의 소유주였던 나에게 그들 부부의 그런 생활방식이 맞을 리 없었다. 딱하다는 생각이 들지 않은 것은 아니었지만, 그보다는 구질구질하다는 쪽이 너 강했시 싶나.

어쨌든 우리는 서로에 대해 거리감을 느끼며 살았고, 당연히 거의 왕래를 하지 않았다. 그들도, 나도 자기 공간이 아닌 곳에서는 어쩐지 불편한 사람들이었던 것이다.

그들은 내 집 마련이 곧 자기들이 사는 이유인 것처럼 살았다. 다른 모든 것들은 아파트 입주 이후로 밀려났다. 어느 것도 그들이 사야 할 아파트 앞에 올 수 없었다. 나는 중학교에 다니는 그 집 아이가 컴퓨터를 사달라고 조르는 걸 본 적이 있는데, 그때 그 아버지의 대답은 "우리 집에 들어간 다음에 사주마."였다. 어떤 집은 두 대씩도 굴린다는 그 흔한 자가용도 '아파트에 입주한 다음'으로 유보되었다. 심지어 그들은 온 도시가 노래방의 열기로 들끓는 와중에서도 노래방이라는 데를 가본 적이 없다고

where they lived with their two children. My wife's brother-in-law worked as a bus driver at an after-school math academy for young children during the day, and then took over for his wife watching their business at night. They lived that way for seven years.

Their situation before then was no different. My wife's brother-in-law was working as what amounted to a manual laborer with a book wholesaler, while his wife worked as a clerk at a department store in the outskirts of Seoul. It took her an hour-and-a-half on the subway just to get to work. For as long as I'd known them, I'd never once seen them take a break or slack off. They weren't the sort of people to idle away time or waste money. I'd heard they'd never even taken a single summer vacation in the fifteen years they'd been married. More than once, I got the impression that they—especially the husband—were rather inflexible, but they always seemed hard-working and responsible. Despite that, however, they always reeked of poverty.

The painful reason for why they were so poor was that, ultimately, neither of them had inherited anything. And, perhaps, that was also why they were so desperate to own their own home.

했다. 언젠가 나의 아내가 젊음은 오래가지 않는다고, 인생을 즐기면서 살아야지 그렇지 않으면 후회하게 될 거라고 말했을 때 그 언니가 했다는 말도 또렷이 기억난다.

"내 집 가진 후에 즐겨도 안 늦는다."

그런 식으로 모든 것이 아파트에 입주한 다음으로 미뤄졌다. 집을 갖는다는 것보다 더 크고 중요하고 시급한 명제는 그들 부부에게 없었다. 그런 그들이 드디어 결혼한 지 15년이 지나서 자기 집을 갖게 되었다는 것이 아닌가. 어떻게 사건이 아닐 수 있겠는가. 그 15년 만의 집들이를 어떻게 빠뜨릴 수 있겠으며 어떻게 축하해주지 않을 수 있겠는가. 그럴 수는 없는 일이었다. 나는 그렇게 형편 없이 몰상식한 사람은 아니었다. 불편한 감정을 숨긴 채 굳이 아내가 전화를 걸어 그 소식을 알려온 것은, 친정 어른들이 시골에서 올라온다는 사실 말고도(우리들의 별거는 어른들에게 통보되지 않은 상태였다. 만일 어른들이 그 사실을 안다면 난리가 날 거라는 걸 아내도 나도 분명히 인식하고 있었다.) 언니네의 새집 장만을 축하해주는 일이 그만치 뜻있는 일이기 때문이었다. 나는 마땅히 가야 했고, 기꺼이 갈 생각이었다.

"이것 봐라. 길이 왜 이러지? 차가 왜 밀리는 거야? 이

There was no way that someone like me, who had been able to afford a decently sized thirty-two *pyeong* apartment early in his marriage, could really understand the way they had lived. It wasn't that I didn't have any sympathy for them. More than anything, I was just put off by how squalid their lives seemed.

At any rate, we never felt very close, and of course we only met infrequently. Neither they nor I were the sort of people who could feel comfortable outside of our own spaces.

It was as if buying a home was their sole reason for living. Everything else they might have wanted got pushed back until after that. Nothing could come before their buying an apartment. I once witnessed one of their kids, who was in middle school at the time, begging his parents for a computer. His father simply replied, "I'll get you one after we move to a new home."

Many other families had a couple of cars, but for them buying a car was also on hold until after their move. I even heard that they had never once sung at a *noraebang*,[4] even when *noraebangs* were at their most popular. My wife once tried telling her sister they should try to enjoy life a little while they

시간에 여기가 밀릴 이유가 없는데…….”

길게 늘어선 차량의 끄트머리에 차가 멈추자 택시기사
는 창문을 열고 머리를 밖으로 내밀었다.

“아니, 왜 저래요?”

당황한 나도 창문을 내렸다.

“그러게요. 영문을 모르겠네. 휴일도 아닌데 왜 저러
지?”

“이러면 안 되는데, 이러면 큰일인데…… 다른 길은 없
나요?”

나는 시계를 바라보며 조바심을 쳤다.

“다른 길은 없어요. 공사를 한다는 소리는 못 들었는
데…… 무슨 사고가 났나?”

운전기사는 혼잣말처럼 중얼거리더니 옆 차선에 선 택
시를 향해 소리 질렀다.

“무슨 일이야? 왜 그러는지 알아?”

“라디오 좀 들어라. 지금 막 방송에 나왔는데, 근처 부
대에서 탈영병이 생겼단다.”

“탈영병? 팍팍 밟고 다녀도 모자랄 판에 그런 정신 나간
놈 때문에 길거리에 기름을 뿌리고 앉아 있어야 하다니,
돌겠구먼. 한심한 놈 같으니. 그 자식은 뭣 땜에 탈영을

were still young, since they'd regret it later if they didn't. I still remember clearly what her sister had said: "It won't be too late to enjoy ourselves after we get a house."

Everything possible was put off until after they were able to move into an apartment. There was nothing more important or pressing for the two of them than getting a house. And then, finally, after fifteen years of marriage, they had finally done it. How could it not be a big deal? How could I possibly skip the housewarming party they had worked so hard the last fifteen years for? How could I possibly not go and celebrate with them? Neither my wife nor I were as thoughtless as that. There was no way I could skip their party. My wife wasn't just suppressing her displeasure and calling me because the elders of her family (who hadn't yet been informed of our separation, and were sure to be incensed if they found out) were coming up from the countryside to Seoul for the party, but also because celebrating her sister's family's purchase of a house was meaningful in and of itself. It was only right that I went, and I was happy to attend.

"Well, just look at this. What could've happened? Why's the traffic here so bad? There's no reason for

하고 그래? 신세 조질라고 환장을 했나?"

"뉴스에 나오기로는 뭐 애인이 변심했다나, 그런데."

"하여간 꼭 여자가 문제라니까. 병신 같은 놈, 그깟 여자 때문에 목숨 바칠 짓을 해?"

택시기사들이 주고받는 말을 흘려들으면서 나는 아주 느리게 꼼지락거리는 눈앞의 차량들이 마디가 많은 절지동물 같다는 생각을 했다.

"이건 불가항력인데요. 늦는 것 말고는 다른 방법이 없을 듯싶네요. 어차피 늦은 걸 조급해 하면 뭐 합니까? 라디오 틀어줄 테니 노래나 들으면서 마음을 가라앉히세요."

운전기사가 라디오를 틀자 빠른 템포의 시끄러운 노래가 튀어나왔다. 내가 모르는 노래였다. 운전기사가 볼륨을 약간 높였다. 그는 노래가 귀에 익은지 흥얼흥얼 멜로디를 따라했다. 그러다가 룸미러를 통해 다시 내 얼굴을 보았다.

"근데, 누가 돌아가셨다고 했지요?"

"제 아내의 형부요."

"그러면 손윗동서라는 말인데, 몇 살인지는 잘 모르겠지만, 벌써 그렇게 되었어요?"

it to get congested here at this time of the day..." the driver said as he stopped at the end of the line of cars. He stuck his head out the window to get a better look.

"Hey, what's with the traffic?" I asked. Flustered, I also rolled my window down.

"Beat's me. It's not even a holiday," the driver replied.

"This can't be happening, I can't be late... Isn't there another road?" I looked impatiently at my watch.

"This is the only one. I hadn't heard anything about any construction... maybe there was an accident or something?" the driver mumbled as if talking to himself before yelling at another taxi driver in the next lane.

"You know what's going on?" he called out.

"Turn on your radio. They just made an announcement. Apparently there was a deserter from one of the bases nearby."

"A deserter? It's hard enough to make a living even when I can keep the pedal to the metal. And now because of some fool we have to waste gas sitting here in the middle of the street? It's crazy. The guy that did it'll be in some trouble, though. They

"마흔다섯요."

"마흔다섯이라…… 죽을 나이가 정해진 것은 아니라고 해도, 세상을 뜨기에는 좀 이른 것 같군요."

운전기사는 혀를 끌끌 찼다.

마흔다섯은 확실히 이 세상에서 사라지기에는 너무 이른 나이라고 나도 생각한다. 더구나 나의 동서, 마흔다섯 살이 되어 겨우 스물 몇 평짜리 아파트를 장만한 사람에게 찾아온 죽음이라니.

나는 그 토요일 날, W시의 민들레아파트에 가지 못했다. 가지 못한 것은 갈 수 없었기 때문이었다. 아니, 갈 필요가 없어져 버렸기 때문이었다. 그날 오후 퇴근시간이 다 되었는데, 아내가 다시 전화를 걸어왔다. 그녀로부터 걸려온 두 번째 전화였다.

"오늘 언니네 집에 가는 거 취소예요."

아내는 불쑥 그렇게 말했다. 영문을 알 수 없었기 때문에 나는 그 약속이 왜 취소되었는지를 묻지 않을 수 없었다. 아내의 목소리는 여전히 침착했지만, 어쩔 수 없는 격정 때문에 떨리는 것 같기도 했다.

"형부가 암이래요. 갑자기 자다 말고 일어나 속엣것을 다 토해 내고 쓰러져서 병원엘 갔는데, 글쎄 간암이래요.

say why he went AWOL? That kid's going to ruin his whole life doing things like that."

"The news said his girlfriend dumped him."

"It's always a girl, isn't it? Idiot. Risking his life for some girl like that?"

As the taxi drivers talked back and forth, the thought occurred to me that the cars inching forward in front of us were like the segmented joints of an insect.

"Well, it's beyond our control now," my driver said to me now. "There's nothing you can do about it other than just accept that you're going to be late. What's the use in getting upset? Here, I'll turn the radio on so you can listen to it and relax."

As soon as the driver turned on the radio a booming song with a rapid beat came blaring out. It was a song I didn't know. The driver turned the volume up a bit more. He hummed along as though it was a song he knew well. Then he looked me in the face through the rearview mirror.

"You said someone passed away?

"Yeah, my wife's older sister's husband," I said.

"I'm not sure how old he was, but he couldn't have been very old, right?

"He was forty-five."

의사가 그랬대요. 너무 늦게 왔다고. 오래 살기는 어렵겠다고…… 게딱지만한 아파트 하나 얻어서 겨우 살 만하게되나 보다 했더니…….”

아내는 말을 끝맺지 못했다. “하늘 인심이 왜 이러는지모르겠다”는 말이 그녀가 마지막으로 한 말이었는지, 아니면 그녀의 말을 들으면서 내가 속으로 한 말이었는지는잘 기억나지 않는다.

그로부터 그는 두 달을 더 살았다. 나는 꼭 한 번 그가누워 있는 병실을 찾았었는데, 그때 그는 아무 말도 하지않고 가만히 내 손을 잡았었다. 억지로 웃어 보이려고 하지만 마음대로 되지 않는 것 같았다. 나 역시 무슨 말을해야 할지 모르겠어서 그에게 손을 잡힌 채 바라보기만했다. 문득 그에게 어떤 위로의 말을 던진다는 것이 모욕이라는 생각이 들었다. 그것은 나의 어떤 말도 위로가 되지 않을 거라는 판단 때문이 아니었다. 그 순간 나는, 무엇 때문인지 그를 모든 역경과 고난을 헤치고 마침내 집으로 돌아온 신화 속의 영웅처럼 느꼈다. 영웅 앞에서 무슨 말을 할 수 있겠는가. 그냥 그를 따라 억지로 웃음을만들어보려고 했다. 그러나 잘되지 않았다. 아마도 그때나는 그 비극의 영웅 앞에서 이 세상에서 가장 어색한 웃

"Forty-five..." the driver shook his head. "Even if there's no set age for dying, that seems a bit too young."

I also thought that forty-five was far too young an age to leave the world. Especially for my wife's brother-in-law, a man who had just managed to buy his first, small twenty-odd *pyeong* apartment.

I ended up not going to the housewarming party that had been scheduled for Saturday in the Dandelion Apartments in the city of W____. I didn't go because I couldn't. Or, rather, there was no longer any reason to go. The day of the party, my wife called me around quitting time. That was the second time she had called since our separation.

Straightaway, she said, "The thing at my sister's house tonight has been cancelled."

I couldn't think of any reason why the party might have been cancelled, so I asked her what happened. She sounded as composed as usual, but her voice seemed to be trembling just a bit, as though something was really bothering her.

"They say my sister's husband has cancer. He was sleeping, but then he suddenly woke up, and became really sick to sick stomach. Then he collapsed. They took him to the hospital and found out

45

음을 짓고 있었을 것이다. 삶을 붙들고 씨름하는 사람 앞에서 여자 문제로 아내와 신경전을 벌이고 있는 나의 존재가 얼마나 하찮고 보잘것없이 여겨지던지 어디든 도망쳐 버리고만 싶었다. 그날 처음으로 나는 아주 조금 그를 이해할 수 있을 것 같다는 생각이 들었다. 병실을 나오면서 나는 아내에게 전화를 걸어 무조건적인 투항의 의사를 분명하게 밝혔는데, 내 손을 붙잡은 채 끝내 아무 말도 하지 못하고 눈시울만 붉히던 그 영웅이 그렇게 하게 했다. 그러나 물론 아내는 그렇게 감상적인 여자가 아니었다.

"내가 다 잘못했어. 실수였어. 이제 깨끗이 정리했고, 다시 그런 일은 없을 거야. 정말이야, 맹세할게. 각서를 쓰라고 하면 쓸게."

나는 한없이 비굴해져서 간절하게 호소했지만, 그녀는 냉소도 보내지 않았다. 그것이 한 달 반쯤 전의 일이었다. 그리고 내가 형님이라고 부르는, 그러나 실제로는 거의 부를 기회가 없었던 아내의 형부는 우리 부부가 별거 상태에 있다는 사실을 알지도 못한 채 눈을 감았다. 자신의 형제에게도 남편인 나와의 심각한 불화를 알게 하지 않는, 나의 아내는 그런 여자였다.

"세상 일이란 게 그래요. 뭐 좀 해보려고 하면 막이 내

he has liver cancer. The doctor said he came too late. He doesn't have much time left... Just when they finally got that tiny apartment and things seemed like they were finally looking up..."

My wife couldn't finish. I remember someone saying "Why is fate so cruel?"—but I'm not sure if it was the last thing she said, or something that I thought to myself as I listened to her.

He lived two more months longer. I visited him in the hospital exactly one time. He wasn't able to speak, and he just held my hand. It seemed like he was trying to force himself to smile, but it wasn't working. I didn't know what to say, so I just looked at him as he held my hand. I suddenly thought that whatever I could say to cheer him up would just be an insult. And not because I didn't believe I could say anything that would make him feel better. At that moment, he seemed like an epic hero finally returned home after struggling through all manner of trials and difficulties. What could I possibly say to a hero like him? I just tried to force myself to smile.

But I couldn't do that either. I probably had the world's stupidest smile on my lips as I sat before that tragic hero. Faced with a man wrestling with life itself, the war of nerves that my wife and I were

린단 말입니다. 그러니까 인생무상이고, 그래서 노세 노세 젊어서 노세, 그런 노래가 나온 거 아니겠어요?"

택시기사는 나에게 무언가 위로의 말을 건네야 한다는 의무감 비슷한 것을 느꼈던 것 같다. 그렇다면 그 사람은 잘못 생각한 것이다. 지금 나에게 필요한 것은 위로가 아니라 목련공원을 향해 속도를 내주는 것이다.

말을 잃고 내 손만 만지작거리던 병상에서의 그의 모습이 자꾸만 눈앞에서 어른거렸다. 그는 나에게 무슨 말인가를 하려는 것처럼 보였다. 그렇지만 정말로 그가 무언가 내게 하고 싶은 말이 있었는지는 잘 모르겠다. 우리는 동서지간이었지만 거의 대화라는 걸 나눠보지 못했었다. 그것은 물론 그가 워낙 과묵한 편인 데다가 일에만 매달려 지낸 탓이 컸지만, 그렇다고 나에게 전혀 책임이 없는 것은 아니었다. 솔직히 나는 그에게 호감이 가지 않았고, 그 때문에 '형님'이라는 호칭을 단 한 번도 사용하지 않았었다.

"늦어서 어쩌지요? 벌써 11시 반이 넘었는데, 몇 시됐죠?"

운전기사는 끈질기게 참견을 하고 있었다. 차도 움직이지 않고 하니까 그 사람도 심심한 모양이었다. 굳이 싫다

engaged in because of my affair with another woman made me feel so base and so pathetic I wanted to run away. That day I felt, for the first time, that I could understand him a little better. After I left his hospital room I called my wife and offered to unconditionally surrender. He had brought me to that point by just holding my hand and looking at me with his eyes glistening as though he was about to cry. Of course, my wife wasn't so easily moved.

"It's all my fault. I made a mistake. I've broken it off. And it'll never happen again. I swear. If you want me to put it in writing, I'll put it in writing."

I pleaded ardently, and groveled, but she wouldn't even give me so much as a dismissive laugh. That was a month-and-a-half ago. In the end, my wife's brother-in-law, who I'd never been that close to, closed his eyes on the world without ever learning of our separation. My wife never let on to her siblings about the severe problems that had come between us. That was the sort of woman she was.

"The world's like that," the driver interrupted my thoughts. "As soon as you really start to do something, the curtain drops. Human life is a frail thing. So like the song says: *Have fun, Have fun, Have fun*

는 건 아니었지만, 그렇다고 반가울 것도 없었다.

"모르겠어요. 11시까지는 갔어야 하는데……."

"결혼식은요?"

"12시예요."

"잘하면 결혼식에는 참석하겠네요. 거참, 어떻게 결혼식하고 장례식이 같이 걸리지요? 참, 신기하네."

"그러게나 말입니다."

그렇게 건성으로 대꾸하면서 나는 나시금 우리의 의지 밖에 있는 보이지 않는 우연의 작용에 대해 생각했다.

100미터쯤 앞에 소총을 어깨에 걸친 군인들의 모습이 보였다. 그들은 지나가는 자동차를 일일이 세워서 검문을 하고 있었고 자동차들은 바로 그 검문소를 향해 벌레처럼 꾸물거리고 있었다. 검문소까지의 거리가 까마득하게 멀어 보였다. 운전기사가 틀어놓은 라디오에서는 퀴즈 프로가 방송되고 있었다. 자유의 여신상이 오른손에 들고 있는 것은 무엇일까요? 독립선언서일까요, 횃불일까요……?

"저거 때문에 막혔으니까 저기만 통과하면 금방 길이 뚫리겠어요."

운전기사가 말했다. 나는 더위를 느꼈다. 이마의 땀을 닦으며 창문을 조금 더 내렸다.

while you're young."

The driver seemed to be feeling some obligation to say a few kind words. But he was wrong. What I needed right then wasn't kindness. It was to get to Magnolia Park as quickly as possible.

The image of my wife's brother-in-law, lying on his hospital bed unable to speak and clutching my hand, flickered before my eyes. It had seemed like he was trying to tell me something. But I don't know if he really had anything that he wanted to tell me or not. We were both married into the same family, but we'd never really talked much. That was partly because he was so busy and wasn't very talk-ative, but it was also partly my fault, too. Honestly, I never really took a liking to him and never felt com-fortable talking with him.

"Hate to say it, but it looks like you're late. It's already past eleven-thirty. What time you say you had to be there by again?" the driver asked.

The driver was taking a rather persistent interest in my business. He must have been bored with the all traffic. It wasn't particularly annoying, but it wasn't that welcome, either.

"I don't know," I said. "I should've been there by eleven..."

목련공원은 나에게는 초행이 아니었다. 그러므로 아내는 그렇게 친절하게 그곳까지 가는 길을 안내할 필요가 없었다. 아내 역시 내가 목련공원에 얼마나 익숙한지는 잘 알고 있을 것이었다. 그런데도 모르는 체했다. 모르는 체 자세히 길 안내를 했다. 자신이 인정할 수 없는 것은, 혹은 인정하기 싫은 것은 태연하게 무시해 버리는, 그것이 그녀의 무서운 부분이었다.

내가 목련공원에 처음 간 것은 한 화가의 전시회 때문이었다. 평소 알고 지내던 동향의 화가가 무슨 미술상인가를 받았는데, 그 공원 안에 있는 미술관에서 주최한 상이었다. 그때까지만 해도 나는 목련공원이 공동묘지인 줄만 알고 있었지 미술관이 함께 붙어 있는지는 몰랐다. 그 묘지에는 이른바 민주 열사들이 여러 명 묻혀 있고, 또 몇 해 전에 작고한 걸출한 재야 목사도 그곳에 묻혔다는 이야기를 들었었다. 그때까지 내가 알고 있는 목련공원에 대한 정보는 그것이 고작이었다.

가서 보니 3층으로 지어진 미술관 건물은 제법 규모가 있었고, 넓은 잔디밭에 조각들이 서 있는 모습도 인상적이었다. 사람들이 한가하게 걸어다니며 작품들을 구경하거나 잔디밭에 앉아 이야기를 나누는 모습을 보면서 참

"What about the wedding?"

"It's at twelve."

"Well, if things work out you might make it for the wedding. But, I mean, what are the chances of getting invited to a wedding and a funeral at the same place, at the same time? Really is something, huh?"

"I know, right?" I replied half-heartedly. I was thinking about the invisible effects that coincidences completely beyond our control could have on lives.

About a hundred meters ahead, I could see soldiers with rifles slung over their shoulders. They were stopping and searching each car individually as the line of cars crawled its way toward the inspection point. It felt like the inspection point was far off in the distance. The driver had left the radio on, and a quiz show was being broadcast. *What does the Statue of Liberty hold in her right hand? Does she hold the Declaration of Independence? Or her torch?*

"That's what's holding everyone up. Traffic'll start moving as soon as we get through there," the driver said.

I felt hot. Wiping the sweat from my brow, I lowered my window a bit more.

It wasn't my first trip to Magnolia Park, so there

평화롭다는 생각을 했었다.

그 공원 앞에는 아주 작은 찻집이 하나 서 있었다. 통나무로 만든 천장과 벽, 어두운 실내, 다섯 개의 둥근 테이블, 끈적끈적한 재즈풍의 음악……. 그 찻집의 이름은 '목련'이었다. 그날 그 찻집에서 차를 마셨다. 전시회를 연화가와 나, 그리고 전시장에서 인사한 화가의 다른 두 친구가 우리 일행이었는데, 잠시 후에 찻집 주인 여자가 합석을 했다.

그녀는 나와 마주보는 자리에 앉았었다. 머리를 위로 끌어올려서 묶고, 발등을 덮을 정도로 길고 검은 원피스를 입고 있었다. 얼굴은 갸름한 편이었다. 웃을 때 눈가에 주름이 잡히는 게 인상적이었다. 실내의 어두운 조명 때문이기도 했겠지만, 나이는 잘 가늠이 되지 않았다. 그녀는 시종 눈을 크게 뜨고 무안할 정도로 빤히 쳐다보았는데, 나는 무엇 때문인지 그 시선을 똑바로 받을 수가 없어서 자꾸만 외면을 하곤 했다. 나중에는 어디에 시선을 두어야 할지 몰라 안절부절못했던 기억이 난다.

처음부터 그녀에게 이끌렸었다고 말할 수는 없다. 매력적이라는 느낌이야 있었지만, 그녀가 풍기는 그 매력 속에는 어딘지 사람을 불안하게 하는 요소가 섞여 있었던

hadn't been any reason for my wife to do me the kindness of explaining how to get there. She must have known how familiar I was with Magnolia Park. But she pretended not to know. She pretended not to know and explained the directions in detail. That was one of the most frightening things about my wife: the way she could feign complete ignorance about something which she was either unable—or unwilling—to accept.

The first time I went to Magnolia Park, I had gone for an art show. A painter I knew from back home had received some sort of award from the gallery in the park. Until then, I had only known Magnolia Park as a public cemetery and had no idea there was an art gallery there, too. All I had known about Magnolia Park before going to that art show was that there were several so-called 'national heroes' buried there. Also, I had heard something about a minister who had been a prominent member of the opposition being buried there as well.

When I arrived at the gallery, I saw that it was a respectable three-story structure, and I was impressed by the statues standing here and there around the wide lawn. It was serene, with people strolling about admiring the artwork and sitting on

것도 사실이었다. 그녀가 풍기는 매력은 어쩐지 뇌쇄적인 것이었다. 거리를 두고 바라볼 때는 괜찮다고 느끼면서도 정작 개인적인 관계를 맺는다고 하면 더럭 겁부터 나는 그런 사람이 있다. 그녀가 풍기는 인상이 그랬다.

문제는 그 자리가 술집으로 이어진 데 있었다. 아니, 그 것이 아니다. 어차피 그날은 차만 마시고 헤어지기가 어려운 날이었다. 누가 제안을 했는지 분명친 않지만, 거기 서 가까운 북한강변의 매운탕집으로 자리를 옮긴 것은 어 찌 보면 예정된 코스였다. 그렇다면 무엇이었을까. 목련 찻집의 여자가 우리와 함께 움직였다는 것이 사단이었을 까. 나는 그렇게 말하려고 한다. 그날의 주인공인 그림쟁 이와는 전부터 알고 지내는 사이였던 듯 재치 있는 농담 을 주고받으며 빙그레 미소를 짓곤 하던 그녀가 남자들 중에 한 사람이 함께 가지 않겠느냐고 살짝 건드리자 기 다렸다는 듯 "그러죠." 하고 선선히 따라나섰던 것이다.

"문을 닫아도 돼요?"

그렇게 물은 사람은 아마도 나였을 것이다.

"그러면 열어놓고 갈까요?"

그녀는 시디플레이어의 전원을 끄면서 씩 웃었다.

그러나 따지고 보면 그녀가 강변의 매운탕집까지 우리

the grass talking.

A tiny café stood in front of the park. It had a log roof and wooden walls, a dim interior, five small, round tables, and sultry jazz music played over the speakers. It was called the Magnolia Café, and we had tea there after the show. I was with the artist who had been the subject of the exhibition, and two of his friends who I'd been introduced in the gallery. Soon the owner of the café joined us.

She sat directly across from me. She had her hair pulled up to the top of her head and was wearing a long black dress that fell down to her ankles. She had a slender face, and I noticed in particular the way the corners of her eyes wrinkled when she laughed. Maybe it was the dim lighting, but it was hard to guess how old she was. She kept opening her eyes wide and looking straight at me. I'm not sure why, but whenever she did that I felt awkward and had to turn away from her gaze. I remember later how uncomfortable I would feel when I was with her because I had no idea where I should look.

I wasn't drawn to her from the first time I met her. I felt that she was attractive, but there was something about her allure that made a person uncom-

와 동행했다고 하는 것도 문제랄 것이 없었다. 마찬가지로 거기서 마신 술과 적당히 취기가 오른 기분으로 젓가락 장단에 맞춰 불러댄 노래들도 문제가 아니었다. 그녀가 전혀 술을 마시지 않았다든지, 주인공 화가의 화풍에 대해 갑작스레 공박을 해대면서 자신의 남다른 심미안을 드러냈다든지 하는 것도 문제일 수 없었다.

그러면 무엇이었을까? 자정이 넘은 시간에 방향이 같다는 이유로 그녀의 자동차를 얻어 타고 돌아온 것이 잘못이었을까? 어쩌면 그랬을 것이다. 달리는 차 안에서 그녀는 엉뚱하게도 "나는 선생님 같은 분이 마음에 들어요." 하고 웃음기도 없이 고백을 했고, 그러나 나는 적당히 취해 있었기 때문에 그런 그녀를 전혀 엉뚱하다고 느끼지 못했었다. "언제 한번 꼭 우리 목련에 들러주세요." 하고 그녀가 진지하게 요청한 것은 내가 차에서 내리려고 할 때였고, 나는 괜히 기분이 좋아져서 고개를 몇 번이나 끄덕여 주었다.

"정말로 꼭 오시는 거예요. 나 기다릴 겁니다."

그녀가 다시 확인을 받으려 했고, 기분이 고조될 대로 고조되어 있던 나는 몇 차례나 다짐을 해주었다.

그리고 그 며칠 후에 나는 회사에서 그녀의 전화를 받

fortable. Something that seemed like it could just suck a man in. There are people like that sometimes. They seem fine when you see them from a distance, but then as your relationship with them grows closer and more personal, fear suddenly takes hold. She seemed like she might be one of those people.

The source of my problems to come can be traced to us leaving the café for drinks. Really, there was nothing wrong with that in and of itself. At any rate, none of us wanted to just stop at tea. I can't remember who suggested we go for drinks, but the course we followed after that, moving from the café to a seafood place, a spot by the Bukhan River that served spicy *maeuntang*[5] soup, seemed almost predetermined. So where should I say my problems began? Did it begin with the café owner coming along with us to the restaurant? I'd like to say yes. She had been smiling brightly and trading clever jabs with the star of the evening, the painter, as though the two of them already knew each other well. And when one of the painter's two guy friends encouraged her by asking if she might not be able to come with us, she jumped to follow as though she had been waiting for an invite.

았다.

 "오신다더니 왜 안 와요?"

 처음에 나는 그 목소리를 기억하지 못했다.

 "정말 그러기예요? 벌써 제 목소리까지 잊었단 말이에요? 여기 목련인데……"

 아, 목련. 목련찻집의 그 여자. 그 여자의 모든 것이 한꺼번에 떠올랐다. 눈가에 주름을 만들며 웃는 웃음, 무안할 정도로 사람의 얼굴을 똑바로 쳐다보는 뜨거운 시선, 길고 검은 원피스……. 그러자 가슴이 덜컹거리기 시작했다. 이상했다. 그 전화를 받기까지는 생각도 나지 않았는데, 그 순간 갑자기 그녀의 뇌쇄적인 분위기가 폭포처럼 머리를 때리면서 묘한 감정을 불러일으켰다. 나는 마치 원격조종된 것처럼 당장 그다음 날 목련공원으로 갔다. 아니, 공원 앞의 찻집 '목련'으로 갔다. 그녀를 만나서 갔다. 그리고 그날 이후 거의 제정신이 아니게 돼버렸다.

 "트렁크 좀 열어주시겠습니까?"

 바로 귓가에서 들리는 큰 목소리가 다른 생각에 빠져 있던 나를 깜짝 놀라게 했다. 얼룩무늬 복장의 군인이 한 손에 총을 받쳐든 채 조수석 쪽의 열린 창문에 얼굴을 바짝 들이대고 있었다. 얼굴이 검게 그을린 일병 계급장의

I think I might have been the one who said, "Is it alright for you to just close like this?"

"Should I just leave the shop open, then?" she asked, turning off the CD player.

Thinking about it though, it's hard to say there was anything wrong with her accompanying us for drinks. And there wasn't anything wrong with our getting pleasantly drunk and singing as we drummed out a rhythm with our chopsticks on the tabletop. Nor could there have been anything wrong with her not drinking at all, or the way she revealed her rather unique aesthetic sense with a sudden attack on the artist's work.

So where did the problem start? Was it a mistake to accept a ride from her when it turned out we were both going the same way? That might have been it. Driving along, she made, without any sign that she was kidding, the absurd admission that she "liked people like me". Drunk as I was, I didn't find anything at all ridiculous about what she had said. Then as I was getting out of the car, she seemed sincere when she asked me to visit the café again sometime, and, since I felt flattered, I nodded my head several times.

"I'll be waiting," she said. "So you'll really come,

군인이었다.

"검문 중입니다. 트렁크 좀 열어주십시오." 군인이 한 번 더 요구했고, 운전기사는 트렁크를 열기 위해 몸을 수그리며 큰소리로 아직 탈영병을 못 잡았느냐고 물었다. 군인은 대꾸하지 않았다.

"트렁크에 숨어서 검문소를 빠져나가는 수가 간혹 있대요."

운전기사가 나에게 한 말이었다. 그와 동시에 쿵 소리를 내며 트렁크 문이 도로 닫혔다. 군인이 거수경례를 하며 가도 좋다는 손짓을 했다.

"휴! 드디어 빠져나왔네. 아이고, 징그러!"

택시기사가 두어 차례 고개를 흔들더니 이내 속도를 내기 시작했다. 자동차는 거침없이 달렸다.

"이제 금방입니다. 기대해 보세요."

버릇처럼 시계를 보았다. 시곗바늘이 이제 막 12시를 넘어가고 있었다. 그녀가 웨딩드레스를 입고 주례자 앞으로 걸어나갈 시간이라는 생각이 들었다. 문득 그녀의 결혼 상대가 누구일지 궁금했다. 아니, 궁금한 것은 그녀의 결혼 상대가 아니었다. 그녀가 결혼을 한다니. 그녀가 한 명의 남자를 택해 결혼을 하기로 결정했다는 사실이 나에

won't you?" I was in the highest of spirits, and I reassured her several times that I would.

Several days later she called me at work.

"Why haven't you come?"

At first, I didn't recognize her voice.

"Really? You've already forgotten my voice? This is the owner of the Magnolia Café..."

Ah, the Magnolia Café. That woman. Suddenly, all the details about her came rushing up: the wrinkles around her eyes when she smiled, the fiery way she would stare straight into your eyes until you had to look away, her long black dress... and then my chest started pounding. It was strange. I hadn't thought of her until her phone call, and then, in that moment, the full enrapturing force of her allure was pouring over my head like a waterfall and stirring up vague feelings. Like I was on remote control, I headed back to Magnolia Park the very next day. Or not to the park, exactly, but to the Magnolia Café in front of it. I went to meet that woman. And from that day on I was half out of my mind.

"Open your trunk, please."

I was startled from my thoughts by the sound of a loud voice right by my ear. A camouflaged soldier held a gun in one hand and stuck his face through

게는 잘 납득되지 않았다.

그날, 그녀를 만나기 위해 목련에 찾아간 날은 한여름이었고, 장마 끝이라 몹시 더웠다. 문을 열고 들어섰을 때, 찻집 안은 한산했고, 그녀는 찻집의 한쪽 구석에 앉아 무언가를 들여다보고 있었다. 가까이 다가가도록 뒤도 돌아보지 않았는데, 그녀는 돌아보지 않고도 내가 들어온 것을 어떻게 알았을까. 여전히 다른 데 시선을 돌린 채 말을 건네왔다.

"이 녀석이 얼마나 힘이 센지 알아요?"

그녀의 손에는 새끼손가락만한 방아깨비가 들려 있었지만, 그녀가 방아깨비에 대해 말하고 있는 것 같지는 않았다. 왜냐하면 그녀는 곧 그 방아깨비를 가느다란 철사로 촘촘히 엮어서 만든 사각의 철망 안에 집어넣었기 때문이었다.

"저놈을 보세요. 얼마나 멋있게 생겼는지. 저 날씬한 허리, 빛나는 눈, 날카로운 다리. 먹이를 사냥하는 저 날렵한 동작을 보세요. 저 녀석에게 누군들 반하지 않을 수 있겠어요."

그 철망의 주인은 한 마리의 커다란 사마귀였다. 흡사 낫처럼 생긴 날카로운 앞다리로 방아깨비를 꽉 움켜쥐고

the driver's open side window. His face was darkly tanned, and he was wearing the insignia of a private first class. He repeated his request: "This is an inspection. Please open your trunk." The taxi driver bent down to open the trunk and asked loudly if they'd caught the deserter yet. The soldier didn't reply.

"They say once in a while a deserter will try to slip past a checkpoint in the trunk of a car," the driver explained to me as the trunk slammed shut with a bang. The soldier saluted and waved us on.

"Whew, finally made it through. What a mess!" the driver said as he shook his head a couple of times and began to accelerate. The car glided smoothly ahead. "It won't take long now. Just wait and see."

I looked at my watch out of habit. The hour hand was just passing twelve. I thought that now would be just about time the bride would make her entrance and I was suddenly curious about whom she was marrying. Or, actually, I wasn't so much curious about whom she was marrying as I found it difficult to believe that she was getting married at all. It was unfathomable that she had settled on one man and made the decision to marry him.

The day that I went to see her in the Magnolia

삼각형의 머리를 흔들며 뜯어먹기 시작하는 모습이 사나워 보이긴 했지만, 그리고 사마귀 중에서도 유난히 큰 놈이라는 생각은 들었지만, 그 생김새를 멋있다고 말하는 것은 어딘지 억지스럽게 여겨졌다. 그렇지만 그 여자가 멋있고 힘이 세다고 칭찬한 놈이 바로 그 사마귀라는 건 의심의 여지가 없었다. 사각의 철망 안에는 방아깨비와 그놈밖에 없었는데, 방아깨비는 벌써 사마귀에게 반쯤 먹힌 상태였던 것이다.

"나는 이놈이 정말 마음에 들어요. 저 무덤들 사이를 산책하다 만났어요. 아니, 이놈이 나를 찾아왔어요. 글쎄, 이 녀석이 훌쩍 뛰어서 내 어깨에 올라타더니 얼굴을 빤히 쳐다보는 거 있죠? 그때 내 눈이 이 녀석의 눈과 마주쳤는데 그 눈이 참 아름답데요. 기분이 묘했어요. 가슴이 어찌나 뛰던지 그냥 떨쳐버릴 수가 없더라고요. 가만히 건드려 보았는데 도망치지도 않아요. 어떻게 하겠어요. 그때부터 이놈은 내 식구가 되었지요."

사마귀의 눈이 아름다웠다든가, 그 사마귀가 사람의 얼굴을 빤히 쳐다보았다든가, 건드려도 도망치지 않았다든가 하는 말들이 잘 믿기지 않았지만 나는 굳이 그런 의심을 겉으로 드러내지는 않았다. 아마도 무덤들 사이를 산

Café, it was the height of summer, during the sweltering days at the end of the monsoon season. When I opened the door and went inside, the café was empty, and she was looking at something in the corner closely. She didn't turn around as I walked up to her, but somehow she knew without looking that I was the one who had walked in.

Without looking up, she said, "You wouldn't believe how strong this little guy is."

She was holding a grasshopper about the size of her pinky, but it didn't seem like the grasshopper was what she was talking about. She immediately set it into a square cage made of thin strands of wire.

"Just look at him. Look at how handsome he is. That slim waist, those sharp legs. Look at the lithe way his body moves as he stalks his prey. How could anyone not fall completely in love with him?"

The cage belonged to a large praying mantis. The way it grasped the grasshopper with its scythe-like front legs, moving its triangular head side to side as it devoured the other insect, did look quite ferocious. And it even seemed as though it might be particularly large for a praying mantis. But saying it was handsome seemed a bit forced. There was no

책하다 만났다는 한마디가 무엇보다 강렬하게 마음의 복판에 와서 박혔기 때문이었을 것이다.

"무덤들 사이를 산책해요? 그렇게 말했어요?"

내가 물었다. 그것이 그 찻집 안에 들어가서 내가 꺼낸 첫마디였다. 그녀는 그제야 고개를 돌려 나를 보았다.

"그래요. 나는 가끔씩 묘지로 산책을 나가요. 왼쪽으로 방향을 틀면 거기서부터 당장 무덤이니까요. 묘비들에 적힌 비닝들을 읽으며 걸어다니다 보면 마치 공원에 모인 사람들 사이를 헤쳐나가는 듯한 기분이 들어요. 살아 움직이는 사람들이 제각각인 것처럼 죽은 사람이 누워 있는 무덤들도 제각각이에요. 어떤 비석에는 이름만 덩그렇게 쓰여 있는가 하면, 깨알같이 작은 글씨가 틈이 없을 정도로 꽉 들어차 있는 것도 있어요. 그런 사람은 무슨 할 말이 그렇게 많은 걸까요? 나는 그걸 다 읽어요. 거기 묻힌 사람들이 나에게 말을 거는 것 같아서 그냥 지나칠 수가 없어요. 죽은 사람들이 내는 소리가 어쩌나 시끄러운지 어떨 땐 귀를 막기도 하지요."

"그런 델 혼자 걸어다니면 무섭지 않아요? 기분이 이상하지 않아요?"

나는 어리석은 질문을 던졌고, 그녀는 내 질문을 묵살

doubting, however, that the mantis was the object of her praise. There was nothing but it and the grasshopper in the cage, and the grasshopper had already been halfway eaten.

"I really like this guy. I came across him while I was walking out among the graves. Or, actually, I think he might have found me. He hopped right up on my shoulder, and then he just sat there looking at me straight in the face. Can you believe it? Our eyes met, and I saw he had the most beautiful eyes. It was so strange. My heart was pounding and I couldn't just brush him off. So I reached out and tried touching him, but he didn't run away. So what else could I do but bring him back here? He's been living with me ever since."

I wasn't sure if I believed her when she said that it had beautiful eyes, or that it looked her in the face, or that it didn't try to run away when she touched it, but I didn't question her. Maybe it was because I had been so struck when she said that she had met him while she was out walking among the graves.

"Did you just say you found him walking in the graveyard?" It was the first thing I had said since entering the café. Only then did she turn to look at me.

했다. 아니, 묵살한 것이 아니었다.

"내가 여기다 찻집을 낸 것이 무엇 때문인 것 같아요? 미술관 때문인 것 같아요? 묘지 때문인 것 같아요?"

"묘지 때문이라는 겁니까? 묘지를 산책하기 위해서라는 말입니까?"

"아뇨."

그녀는 이제까지와는 딴판으로 환하게 웃었다. 그 웃음은 나를 어리둥절하게 했다.

"사실 이 자리는 내가 고른 게 아녜요. 내 친구가 물려준 거지요."

이번에도 그녀는 나의 질문을 묵살하지는 않고 선선히 대답을 해주었다. 그러나 사실은 이번에야말로 내 질문을 묵살한 것임을 나는 한참 후에야 깨달았다.

포식을 끝낸 사마귀가 앞발을 치켜들고 어떤 감정이 묻어 있는 듯한 눈빛으로 그녀를 쳐다보는 모습을 물끄러미 내려다보면서 그녀에게서 느껴지는 뇌쇄적인 기운의 정체가 무엇인지 조금쯤 이해할 것 같다는 생각을 했다. 하지만 그런 생각은 막연했고, 지극히 찰나적이었다. 나에게는 상황을 분별할 만한 여유가 없었다. 그것은 나의 탓이기도 하고 그녀의 탓이기도 했다. 어쩌면 사마귀 탓일

"Yeah, sometimes I go for walks in the cemetery," she admitted. "It's just around to the left side from here. When I walk around and read the epitaphs written on the gravestones, it almost feels like I'm walking through a crowd of people gathered in a park. Just like living people you see walking around are all unique, the graves of the dead are all unique, too. Some gravestones are engraved with nothing but a large, imposing name, and others are covered with lines and lines of text written in cramped, tiny letters. And I wonder to myself: What could those people have to say that they had to write so much? And so I just have to stop and take a look. Sometimes the sound of the dead talking is so deafening I have to cover my ears."

"Aren't you afraid to walk around on your own? Doesn't it make you feel a little odd?"

These were stupid questions, and she ignored them completely. Or maybe she didn't.

"Why do you think I opened a café here? Did you think it was because of the art museum? Or because of the cemetery?"

"Are you saying it's because of the cemetery? So you could take walks between the gravestones?"

"No," she said, suddenly laughing cheerfully and

수도 있었다.

찻집 문을 닫은 후에는 지난번과 똑같이 진행되었다. 아니, 똑같지는 않았다. 똑같은 것은 강변의 매운탕집까지였다. 나는 그녀와 함께 거기서 저녁밥을 먹었고, 약간 독한 술을 마셨다. 지난번과 달리 그녀도 술을 마셨다. 내가 마신 것만큼은 마셨다. 그녀는 아마도 술을 전혀 하지 못할 거라고 단정하고 있었기 때문에 나는 조금 놀랐다. 그녀까지 취해버리면 나를 어떻게 집으로 끌고 갈 것인가, 잠깐 동안 그런 걱정을 했었다. 하지만 묻지는 않았다. 묻지 않은 것은 묻지 않아도 상관없기 때문이거나 묻지 않는 편이 오히려 낫다고 판단했기 때문일 것이다. 그 어느 쪽이든, 나는 떳떳하지 못하다. 그 시간 이후에 일어난 일에 대해 상황의 역할을 굳이 강조하려 하지만, 그럼에도 불구하고 본질적으로 상황이란 만들어진 것이고, 그 과정에 개인의 작위가 개입하게 마련이라는 걸 인정하지 않을 수 없는 대목인 것이다.

그녀는 밥을 아주 맛있게 먹고 술도 많이 마셨다. 나는 시종 혼자서 묘지를 산책하는 그녀의 모습과 낫처럼 생긴 날카로운 다리로 몸통을 움켜쥐고 방아깨비를 먹어치우던 사마귀, 그 사마귀의 꿰뚫는 듯한 시선 사이에서 오락

leaving me rather confused.

"Actually, I didn't choose this location. I took over the café from a friend." She didn't ignore my question that time, and had even seemed to respond directly to what I had asked. It was only much later I realized that it was actually that later question that she had ignored.

Having finished feeding, the mantis had curled its front legs up and was staring intently at its owner with something like feeling in its eyes. As I watched it watch her, I thought I might just understand the mesmerizing allure she held. But it was just a vague impression, and very fleeting, and I didn't have the presence of mind to really consider the situation I was getting myself into. I was guilty for what happened later, but she was, too. Maybe, in a way, the mantis was partly to blame as well.

After she closed up the café, things followed the same course they had the last time. Well, not exactly the same, but they were the same at least until we went to the same seafood restaurant. We had dinner there, and some rather stiff drinks. Unlike the previous time, she drank as well—as much as I did. I had gotten impression then that she didn't drink at all, so I was a bit surprised. For a moment I

가락하고 있었다. 실은 그것들에 붙들려 있었다는 편이 차라리 진실에 가까울 것이다.

이렇게 말하는 나의 속셈이 무엇인지는 뻔하다. 나는 나의 의지가 개입할 수 없는 처지에 놓여 있었다는 걸 내세우려고 하는 것이다. 그리고 어느 정도는 그것이 사실이기도 했다. 실제로 나는 그 시간 이후 벌어진 일들에 대해 그다지 선명한 기억을 가지고 있지 못하다. 술기운 탓이긴 하지만, 꼭 그 때문만은 아닌 것이다.

우리가 매운탕과 술을 시켜먹은 그 집의 2층과 3층과 4층이 객실이라는 것을 나는, 적어도 표면적으로는 의식하지 못했었다. 그러니까 북한강이라는 간판을 이름표처럼 벽에 붙이고 있는 4층짜리 건물은 1층이 식당과 커피숍이고, 2층부터는 여관이었던 것이다. 자정 무렵에 나는 그녀와 함께 그 건물의 3층으로 올라갔고, 다음 날 아침이 되어서야 나왔다. 그녀는 어두운 밤과 강변의 호텔, 그리고 하얀 시트가 깔린 그 방의 침대와 너무나 잘 어울렸다. 그녀가 검은 원피스 차림으로 흰 침대 위에 걸터앉아 위로 끌어올려 묶고 있던 머리를 풀어헤치는 순간, 문득 그런 생각이 들었다.

그녀는 별로 말을 하지 않았다. 나 역시 그랬다. 말을

worried about how we were going to drive home if she was drunk, too. But I didn't ask her about it. I probably didn't care what the answer was, or maybe I thought it was better not to ask. Whatever it was, I can't say I'm blameless either way. Part of me wants to stress the role played by the situation. But I recognize that situations are things made by people, and it's impossible not to acknowledge that, in the making of any given situation, there's an element of personal volition involved.

She ate and drank a lot and enjoyed herself. My mind was constantly going back and forth between the image of her walking by herself between the gravestones, and the piercing gaze of the mantis as it held that grasshopper between its scythe-like forelegs and devoured it. It would be pretty close to the truth if I said it was as though I was caught between those two images.

It's probably obvious what my not-so-pure intention is in telling it this way. I want to make it seem as though what happened next had nothing to do with what I wanted. And, to a degree, that was true. Honestly, I can't clearly remember the things that happened past that point. Partly this was because of the alcohol, but it wasn't necessarily just that.

하는 것이 어색했거나 말을 할 필요가 없었기 때문이었을 것이다. 우리는 허기진 사람처럼 거칠게 서로의 몸을 탐했다. 쑥스러운 고백이지만 그 밤은 내 평생의 기억 가운데 가장 뜨겁고 황홀한 밤이었다. 그때까지 나는 그렇게 뜨겁고 노련한 여자를 만나보지 못했었다. 놀라운 여자였고, 충격적인 밤이었다. 적어도 나에게는 그랬다. 나는 몇 번이나 혼절할 뻔했고, 그러다가 문득 그녀가 사육하는 그 덩치 큰 사미기를 떠올리곤 했다. 그 어느 한순간 바치 내 마음속을 들여다보기라도 한 것처럼 그녀가 내 귓속에 입술을 바짝 갖다대고 뜨거운 입김을 불어넣으며 속삭였다.

"사마귀가 교미하는 걸 봤어요? 봤으면 좋았을 텐데. 암컷은 얼마나 정열적인지 정사를 할 때면 수컷을 통째로 먹어치워 버려요. 수컷은 단 한 번의 불같이 뜨거운 정사의 대가로 목숨을 내놓는 거지요. 나는 그런 뜨거움이 좋아요. 그렇게 먹고 먹임을 당하는, 목숨을 건 사랑이 좋아요. 알아요? 내가 지금 당신을 통째로 먹어버리고 싶다는 걸?"

그러면서 그녀는, 정말로 먹어치우겠다는 듯 나의 보드라운 귓불을 이빨로 물었는데, 처음에는 잘근잘근 씹는가

I wasn't aware, not consciously at least, that there were guest rooms on the second, third, and fourth floors of the restaurant. I mean, the four-story building we were in, with its sign reading 'Bukhan River' on the side like a nametag, was a restaurant and a coffee shop on the first floor. But there was a hotel above that. Around midnight, I went with her up to a third floor room and didn't come out until the next morning. The night, the riverside hotel, the white sheets covering the bed—she fit in perfectly. I suddenly thought of that as she sat down on the bed, her black dress against the white sheets, and unbound her hair.

She didn't say much. Neither did I. Speech was either awkward or unnecessary. We hungered for each other's bodies like two people starving. Embarrassing as it is to admit, that night was the most passionate, rapturous night I can remember. I had never met a woman so passionate and so skillful. She was a surprising woman, and it was an astonishing night. For me at least. I came close to fainting several times, and thoughts of the large praying mantis she kept in the café kept surfacing in my mind. As though she knew what I was thinking, she pressed her lips to my ear so I could feel

싫더니 한순간에 사정없이 이빨을 박고는 혀를 귓속으로 쑥 집어넣었다. 그녀의 이빨은 날카롭고 혀는 길었다. 그녀의 이빨은 물어뜯고 그녀의 혀는 애무했다. 통증과 흥분이 동시에 솟구쳤다. 나는 비명을 지르며 몸부림쳤다. 그러나 내 몸 위에 올라탄 여자는 사지를 이용해서 움직이지 못하게 나를 꽉 붙들고 있었다. 방아깨비를 움켜쥐고 있는 사마귀처럼 그녀의 자세도 완벽했다. 나의 귓불에서는 뜨거운 피가 철철 흘러나왔고, 그 피는 뒷목을 다고 흘러 시트를 적셨다. 그녀는 흐르는 피를 흡혈귀처럼 빨아먹었다. 나는 비명을 질렀다. 부끄럽지만 그 비명은 통증 때문만은 아니었다. 나는 미친놈처럼 흥분해 있었다. 이 세상에 태어난 후 그렇게 흥분해 본 적이 없었다.

이튿날 아침, 잠자리에서 일어난 나는 지난밤의 일이 믿어지지 않아서 자꾸만 머리를 흔들었다. 그녀는 이미 방을 나간 후였고, 다시는 그녀를 만나고 싶지가 않았다. 나는 나 자신이 수치스럽고 그녀가 무서웠다.

그러나 그 아침의 결심은 오래가지 않았다. 귓불의 치료가 거의 끝나갈 무렵, (내 귀는 거의 뜯겨져 나갈 뻔했다. 일주일이나 치료를 받았고, 꽤 시간이 지났지만 아직도 흉터가 선명하게 남아 있다. 마치 그 뜨겁고 특별한 밤의 표적처럼) 그

the heat of her breath, and whispered,

"Have you ever seen mantises do it? I hope you have. The female gets so worked up with passion that when she makes love, she eats the male whole. The male gives up his life just to make love one passionate time. That's the sort of passion I like. Eating and being eaten. A love you risk your life for. You know what? I want to eat you right up."

And then, just as though she were going to eat me, she bit the soft flesh of my ear with her teeth. At first she was just nibbling at it a bit, but then without warning she suddenly bit down hard as she slid her tongue into my ear. Her teeth were sharp, and her tongue was long. Her teeth tore at my ear, while her tongue made love with it. Pain and plea-sure shot through me simultaneously. I screamed and writhed. But she was on top of me and held me down with her arms and legs so I couldn't move. Her technique was perfect—just like that of her grasshopper-devouring mantis. Red-hot blood flowed copiously from my earlobe. It ran down the back of my neck and wet the sheets. She lapped at the runnels of blood like a vampire. I screamed. I'm embarrassed to say it, but I wasn't screaming just because of the pain. I was mad with arousal. It was

녀는 내게 전화를 걸어서 한번 놀러오지 않겠느냐고 물었고, 나는 대답하지 않았다. 그렇지만 결국 나는 그날 저녁에 목련찻집에 모습을 나타냈고, 일주일 전과 같은 밤을 다시 재현했다. 다행인 것은 그녀가 나의 귀를 물어뜯지 않았다는 것이었다. 그녀의 뜨거움이 사라졌다는 뜻은 결코 아니다. 그녀는 여전히 뜨거웠으며 그 밤의 정사 역시 여전히 황홀했다. 그리고 그런 일이 되풀이되었다.

그녀는 이상한 매력을 가진 여자였다. 그녀를 만나서 거칠고 뜨거운 정사를 벌이고 돌아올 때마다 나는 수치심과 두려움으로 몸을 떨며 다시는 그녀를 만나지 않겠다고 다짐하곤 했다. 이 나이에 이게 무슨 짓인가, 하는 자괴감이 가시가 되어 가슴을 찌르기도 했다. 이것은 덫이다, 나를 해치고 결국에는 매장시킬 것이다, 더 이상 말려들면 안 된다……. 수도 없이 최면을 걸었다. 하지만 그녀가 부르면 거절할 수가 없었다. 이것이 아닌데, 이러면 안 되는데, 하면서도 나는 자꾸만 빨려들어갔다. 그녀는 유혹이었고 공포였다. 나는 우유부단하고, 아니 수렁에 빠졌고, 그녀가 풍기는 유혹은 너무나 강렬했다. 그것이 독에서 나오는 향기라고 해도, 그렇기 때문에 더욱 어쩔 수가 없었다.

the first time that I'd been that excited in my entire time on this world.

When I woke up the next morning, I shook my head with disbelief at what had transpired. She had already left, and I didn't want to see her again. I was ashamed of myself and terrified of her.

But my resolution not to see her again didn't last long. About the time my ear (which had been almost completely ripped off, and had to be kept bandaged up for about a week; and even though a lot of time has passed since then, there's still a distinct scar—a testament to the passion of that unusual night) had healed, she called me and asked me to come see her again. I didn't reply. But that night I ended up at the Magnolia Café, and we reenacted the events of the week before. Thankfully, she didn't bite my ear a second time. Her passion, however, was undiminished. She was as passionate as ever, and the night's lovemaking just as extraordinary. And then the same series of events repeated themselves again and again.

She possessed an unusual allure. Every time I came back home after another torrid, rough night with her, I felt filthy and ashamed, and I made a resolution to never see her again. The shame I felt

"조심하는 게 좋을 것 같다. 그 여자, 만만치 않은 여자다. 들리는 이야기도 안 좋고……."

그 여자와 만날 계기를 마련해 주었던 그 그림쟁이 친구가 그렇게 충고를 한 것이 그녀를 네 번째 만나고 났을 때였다. 고민을 털어낸다는 심정으로 나는 그를 만난 자리에서 그간의 사정을 대충 이야기했다. 처음에 그는 "샌님이 웬 외도야?" 하며 즐거워하는 듯하더니 사태가 심상치 않다는 걸 예감했는지 정색을 하고 주의를 주었다. 그러나 나는 그에게 더 말할 기회를 주지 않고 화제를 다른 곳으로 돌려버렸다. 마땅히 나는 그가 암시한 '그 여자에 대한 좋지 않은 소문'에 대해 물었어야 했다. 그러나 나는 그렇게 하지 않았다. 그 순간에 갑자기 마음이 달라져버렸다. 그것은 그 여자에 대한 나쁜 소문을 듣는다는 것이 겁났기 때문이었다. 두려워하면서도 이끌렸다. 그것이 그녀와 나의 관계였다.

하지만 결혼한 남자의 외도는 두 사람만의 문제일 수가 없었다. 나에게는 아내가 있다. 아무리 둔하고 순해 빠진 여자라고 해도 뚜렷한 이유도 없이 외박을 하고 들어오는 남편에 대해 아무런 의심도 하지 않기를 기대할 수는 없는 일이었다. 더구나 내가 이해하는 한 나의 아내는 결코

fooling around like that at my age was like a thorn in my breast. It's a trap, I thought. She'll ruin me in the end and bring me to my grave. I shouldn't get any more involved... I tried to convince myself by repeating these things over and over. But whenever she called, it was impossible for me to refuse her. I kept getting dragged back again and again, even as I thought, this isn't right, I shouldn't be doing this. She was both a temptation and a terror. I was indecisive—or, rather, I was stuck. The scent of attraction that enveloped her was just too strong. Even if her allure was like the sweet bouquet of poison—or, rather, because of that—I was powerless.

"You'd better be careful. She isn't the sort of woman you can take lightly. I've heard some bad rumors about her..."

That was the advice of the artist friend who introduced us. After the fourth time she and I had seen each other, I met my friend afterwards, wanting to get the whole thing off my chest. I told him generally what had been going on. At first, he laughed about it, "You? An affair?" But he quickly sensed that something strange was afoot and became serious.

But I didn't give him another chance to speak and

둔하거나 순해 빠진 여자가 아니었다. 귓불에 난 상처와 구실이 마땅찮은 잦은 외박은 그러나 그다지 아내를 충격하지 않았던 것 같다. 적어도 겉으로는 그랬다.

아내가 견딜 수 없어 한 것은 집으로 걸려오기 시작한 그 여자의 전화였다. 어느 순간부터 그녀는 때를 가리지 않고 전화를 걸어왔다. 어떨 때는 한밤중이기도 했고, 또 어떨 때는 새벽이기도 했다. 다행히 내가 전화를 받을 때는 얼버무릴 수기 있었다. 하지만 그녀에게서 걸려오는 전화들을 내가 모두 받을 수는 없는 노릇이었다. 어이없는 것은 전화를 받은 사람이 아내라는 걸 빤히 알면서도 너무나 노골적이고 뻔뻔하게 자신의 신분을 드러내는 그녀의 적반하장식의 태도에 있었다. "목련찻집인데요, 지난 주말에 저희 찻집에 왔다가 메모장을 떨어뜨리고 가셨거든요." 하는 식이었다. 그런 여자의 뻔뻔스러움이 아내를 비참하게 했다. 웬만해서는 흥분하지 않는 아내도 그녀의 그 상식 밖의 전화질에 대해서는 참을 수가 없던 모양이었다. 마침내 그녀는 "당신이 이렇게 나를 모욕할 수 있어요?" 하고 소리질렀고, 나는 아무 말도 하지 못했다. "나가세요, 당장." 하고 나를 현관으로 떠다밀 때에야 나는 정신을 차리고 그녀에게 매달렸다. 솔직히 나 자신도

turned the conversation to another topic. Of course, I should have asked him about the rumors. But I didn't. At that precise moment, my feelings had suddenly changed. I was afraid of hearing the bad rumors about her. Even while she scared me, she was dragging me along. That was how our relationship worked.

But when a married man has an affair, it always involves more than two people. There was also my wife. No matter how slow and naïve a woman might be, there's no way she can help being suspicious when her husband doesn't come home night after night and has no good excuse for where he's been. And, as far as I know, my wife was neither slow nor naïve. My wife didn't seem particularly suspicious—not that she let on at least—about the injury to my ear or my nights away from home.

But it was the calls that the woman started making to our house that my wife found unbearable. That woman started calling without any regard for time. Sometimes she'd call in the middle of the night; sometimes it was early in the morning. If I picked up, I could hide whom it was from. But I couldn't answer every call. The unbelievable thing was that, even when she knew full well it was my wife she

그 여자를 좋아하는 것은 아니라고, 나도 나를 잘 모르겠다고, 제발 나를 좀 도와달라고 말했다. 다시는 그런 일이 없을 것이라는 맹세를 열 번도 더 했다. 그러나 그것들은 헛맹세였다.

문제가 나에게 있었다는 걸 나는 인정하지 않을 수 없다. 나는 그녀를 만나러 갈 때마다 매번 이번이 마지막이라고 작정하고 나갔다. 나가서는 도대체 왜 집으로 전화를 걸어서 시끄럽게 하느냐고, 그 정도의 상식도 없느냐고 그녀를 야단쳤다. 그러면 그녀는 갑자기 눈물을 뚝뚝 떨어뜨리면서 "너무너무 보고 싶어서 어쩔 수가 없었단 말이에요. 그 순간에는 정말 당신의 목소리라도 들어야 잠을 잘 수가 있을 것 같았단 말이에요⋯⋯." 하고 대답하는 것이었다. 이제는 전화 같은 거 안 할 테니 너무 화내지 말라며 품속으로 파고 드는 여자를 어떻게 하겠는가. 그녀의 뜨거운 육체를 안고서는 모든 것이 불가능했다.

그렇게 나는 수없이 속았다. 그녀에게 속고 나에게 속았다. 다시는 그러지 않겠다고 하고서도 그녀는 여전히 한밤중이나 새벽에 전화를 걸어 아내로 하여금 모욕감을 느끼게 했고, 나는 두 번 다시 만나지 않겠다고 작정하고서도 번번이 그녀를 만나러 나가곤 했다. 도대체 나는 무

had no qualms about brazenly giving her actual identity. Things like: "Hi, I'm calling from Magnolia Café. I believe someone at your number might have dropped a memo pad here last week?" Her shamelessness made my wife miserable. My wife wasn't easily upset, but that woman's outrageous calls were apparently more than she could bear.

I couldn't say anything in my defense when my wife screamed that I was making her look like a complete fool. It wasn't until she shoved me towards the door and told me to get out that I finally came to my senses and tried to hold onto her. I said that I didn't even like that other woman, that I didn't know what I was doing, that I desperately needed help. I swore a dozen times that nothing like that would ever happen again. But they were all empty promises.

I knew that the problem was with me. Every time I went to see that woman, I was resolved that it would be the last time. I would chastise her for calling the house and making such a fuss, and for lacking the sense not to do these sorts of things. But whenever I did that, she would start crying and say something like: "I just missed you so much I couldn't help it. It seemed like if I only heard your

엇에 홀렸던 것일까.

　그런 식의 악순환이 반복되자 마침내 아내는 인내심에 한계를 드러내고 말았다. 아내는 믿어지지 않을 정도로 침착하게 내 짐을 꾸렸다.

　"지금 이 집을 나가세요. 그렇지 않으면 내가 나가겠어요. 결정하세요. 당장요."

　"내가 당신의 마음을 아프게 했다는 거 알아. 내가 나쁘지. 나는 정말 나쁜 놈이야. 내가 잘못했어. 하지만 난 당신을 떠날 수가 없어."

　나는 비굴하게 빌었다. 용서해 달라고 간청했다. 벌써 한두 번이 아니었지만, 그때마다 진실이었다. 나는 진실로 아내에게 미안해 했고, 아내를 마음 아프게 하고 있는 나 자신을 미워했다. 사실 나의 마음은 아내보다 더 아팠다. 다시는 아내를 비참하게 하지 않겠다고 수없이 맹세하곤 했었다. 그리고 번번이 그 맹세를 지키지 못한 것도 사실이었다. 아내는 참을 만큼 참았고, 충분히 속았다. 더 이상의 용납을 기대할 수 없었다. 나는 그 점을 눈치챘다.

　아내는 눈 하나 깜짝하지 않았다. 나만 조마조마하고 안절부절못해 했다. 무언가를 집어던지고 욕을 하고 했다면, 차라리 이혼하자고 떠들기라도 했다면, 처가 식구들

voice I might be able to fall asleep..." What could I do when she burrowed into my arms, promising not to call anymore and begging me not to be angry? Whenever I held her warm flesh against me, I was completely powerless.

I was fooled time and again. Fooled by her and fooled by myself. Even after that woman told me she wouldn't do it anymore, she would call again in the middle of the night and make my wife feel like she was being made a fool of all over again. And no matter how many times I made up my mind never to see that woman again I kept going to meet her. What in the world had possessed me?

After that vicious cycle repeated itself several times over, my wife finally reached the end of her patience. She was completely composed as she packed my bag.

"I want you to leave this house right now. If you don't leave, I will. You decide. Now."

"I know I hurt you," I said. "I'm bad. I'm a really bad guy. I screwed up. But I can't leave you."

I begged. I implored her forgiveness. I'd said and done these things more than once, but I had meant it every time. I really was sorry to my wife, and I hated myself for having hurt her. Actually, I was

을 몰고 와서 모욕을 주었다면, 오히려 견디기가 쉬웠을 것 같았다. 그러나 아내는 얼음처럼 냉정했다. 어쩌면 아내의 그런 얼음 같은 냉정함이 찻집 여자의 그 뜨거움에 빠져들게 한 것인지 모른다는 생각이 들 정도였다.

"안 나갈 거예요? 좋아요. 그렇다면 내가 나가지요."

아내는 코트와 가방을 집어들고 현관을 향해 걸어갔다. 내 가방만 챙겨놓은 줄 알았더니 어느새 자기 것까지 챙겨놓은 모양이었다. 아내는 엄격한 여자였다. 상대방이 어떻게 나오는지 떠보기 위해 마음에도 없는 짓을 할 여자가 아니었다. 그녀가 가방을 쌌다면 그것은 정말로 집을 나가기 위한 것이었다.

"알았어, 알았어. 내가 나갈게. 내가 나간다고."

그렇게 할 수밖에 없었다. 나는 그렇게 집을 나왔다. 그리고 그 이후 한 번도 아내를 만나지 못했다. 나는 자주 전화를 걸어 이제 그만 집으로 돌아가게 해달라고 부탁했지만, 아내는 여태 묵묵부답이었다.

"늦었다고 안절부절못하더니 왜 그러고 계세요, 내리지 않고?"

운전기사가 고개를 완전히 돌려서 내 쪽을 보고 말했다. 그는 큰 입을 벌리고 웃었다.

hurting even more than she was. I swore over and over that I'd never make her unhappy again. But I could never keep that promise. My wife had taken as much as she could, and she had let herself be fooled over and over. I couldn't expect any more forgiveness. I could tell that this time she meant it.

My wife didn't even blink. I was anxious and terrified of what was coming. If only she had thrown things and cursed. If only she had demanded a divorce. If only she had gotten her relatives together to browbeat me. If only she had done any of this it would have been easier to bear. But she was as cool as ice. I even wondered if maybe it wasn't my wife's icy coldness that drove me to seek the warmth of the woman from the Magnolia Café.

"You're not leaving? Fine. I'll go."

My wife picked up her coat and bag and started to walk towards the door. I had thought she had only packed a bag for me, but at some point she must have packed one for herself as well. My wife was a tremendously controlled woman. She wasn't the sort who would do things she didn't really mean just to see how the other person would respond. If she had packed her bag, it meant that she really intended to leave.

"타이어가 불나게 달렸습니다."

그는 칭찬을 기대하는 어린애처럼 말했다. 나는 미터기를 흘끗 쳐다보았다. 운전기사도 내 시선을 따라 요금표를 읽더니 이번에는 어린애 같은 웃음을 거두고 먼지처럼 건조한 목소리를 냈다.

"메다 요금대로 주시면 안 됩니다. 길이 엄청 막혔고, 또 시계(市界)를 넘어왔으니까…… 통상 따불 받고 다니는 길이거든요."

나는 그가 원하는 대로 요금을 지불하고 택시에서 내렸다. 12시 13분이었고, 목련찻집 앞이었다. 차에서 내리자 간판이 머리에 닿을 듯 가까이에서 흔들리고 있었다. 찻집 문은 닫혀 있었다.

길은 두 갈래로 갈라졌다. 왼쪽은 미술관으로 들어가는 길이었고, 오른쪽은 공원묘지로 가는 길이었다. 고개를 조금만 틀면 묘비들과 봉분들이 바로 눈에 들어왔지만, 미술관은 보이지 않았다. 안으로 들어가는 길이 좁기 때문이기도 하고 길 양편으로 키 큰 나무들이 푸른 잎을 늘어뜨리며 서 있기 때문이기도 했다.

나는 그 갈림길에 서서 잠시 망설였던 것 같다. 물론 나는 어느 쪽으로 방향을 틀어야 하는지 알고 있었다. 나는

"Fine. Fine. I'll go. I'll leave," I said, defeated.

There wasn't anything left I could do. I left the house, and that was the last I'd seen my wife since. I called frequently and asked her to let me come back home, but she never answered.

"You were so worked up about being late, and now you're not even getting out?"

The driver had turned around in his seat and was talking to me. He gave me a big grin.

"I drove so fast I thought the tires would catch fire," he said, like a young child expecting praise. I looked at the meter. The driver followed my eyes down to the amount.

His childish smile disappeared as he said dryly, "You'll have to give me a bit more than that. Traffic was terrible and we crossed the city limits... It's usually double the regular fare to come out here."

I paid him the amount he wanted and got out of the cab. It was 12:13, and I was in front of the Magnolia Café. When I stepped out, the café sign was hanging so close I almost thought I'd hit my head. The café was closed.

There was a fork in the road. The left path led to the art museum while the second went to the graveyard. Turning my head just slightly to the side, I

장례식에 참석하기 위해 왔다. 미술관에서 벌어지는 결혼식은 나와 상관없는 행사였다. 그렇게 생각하며 몸을 오른쪽으로 트는 순간 내 마음이 내는 덜컹거리는 소리를 나는 들었다.

묘지를 향해 가는 길도 좁았고, 넓고 푸른 잎을 늘어뜨린 키 큰 나무들이 그 위에 그늘을 만들고 서 있었다. 길은 포장되어 있었지만, 그 안으로 들어가는 차들은 보이지 않았다.

경사가 완만한 편이고, 또 돌계단이 만들어져 있었는데도, 얼마 올라가지 않아서 다리가 팍팍해졌다. 금방 이마에 땀이 배고 숨이 차올랐다. 목도 탔다. 숨을 거칠게 몰아쉬며 나는 내가 올라가야 할 곳을 쳐다보았다. 온 산이 묘비와 봉문으로 덮여 있었다. 저만큼 위에 검은 옷과 흰옷을 입은 사람들의 모습이 보였다. 사람들은 등을 돌리고 있었는데 거의 움직임이 없었다. 나는 손수건을 꺼내 땀을 닦고 다시 산길을 오르기 시작했다.

무덤들 사이를 지나갔다. 조그만 봉분과 한 조각의 비석으로 남은 사람들. 그녀는 그 사이를 산책하며 죽은 사람들이 주고받는 이야기를 듣는다고 했다. 그때는 믿어지지 않았지만, 어쩌면 그럴지도 모른다는 생각이 들었다.

could see gravestones and burial mounds,[6] but I couldn't see the art museum—partly because the road leading in was so narrow, and partly because there were broad trees spreading out their green foliage to both sides.

Standing where the road forked, I hesitated for a moment. Of course, I knew which way I was supposed to go. I had come for the funeral. The wedding taking place at the art museum had nothing to do with me. When I thought about it and turned toward the path on the right, however, I was sure I heard my heart pounding.

The road that headed to the graveyard was narrow and trees shaded it from both sides. The road was paved, but I couldn't see any cars coming in.

Even though the slope wasn't very steep and stone stairs had been installed, my legs were sore before I had gone up very far. Soon, sweat beaded on my forehead and I was breathing hard. My throat was burning. Breathing roughly, I looked up to where I still needed to go. The entire hill was covered with gravestones and burial mounds. A ways up, I could see people standing around in black and white funeral wear. They were standing with their backs to me and barely moving. I pulled out my handker-

언제였을까. 그녀가 자신의 묘지 산책에 동행해 줄 것을 요청한 적이 있었다. 쌀쌀한 바람이 나뭇잎을 떨어뜨리는 스산한 늦가을의 오후였을 것이다. 나는 마음이 썩 내키지 않았지만, 거절할 명분을 찾을 수 없었다. 그때 나는 처음으로 공동묘지를 걸어다녀 보았다. 사람들의 모습은 보이지 않았다. 그 넓은 공동묘지가 텅 비어 있었다. 그리고 그녀가 내 어깨에 머리를 바짝 붙이고 걸었기 때문일까, 선입견과는 달리 특별히 끼림칙한 기분은 들지 않았다. 아닌 게 아니라 살아 있는 사람들이 한가롭게 산책을 즐기고 있는 공원을 걷는 듯한 기분이 들기도 했다. 일상처럼 자연스러웠다. 죽음이 그렇게 낯설지 않게 느껴진 적은 일찍이 없었다.

그날 그곳에서 나는, 죽은 사람의 이름과 경력 등이 적힌 비석 위에 접착제로 단단히 붙여놓은 하얀 봉투들을 보았다. 그것들은 비가 와도 젖지 않도록 비닐봉지에 싸여 있었다. 그럼에도 불구하고 어떤 것들은 물이 스며들었는지 잉크가 번져서 글씨를 알아보기 어려웠다. 그것들은 어색하고 이상하게 보였다.

"저게 뭐야?"

내가 물었다.

chief to wipe away the sweat and resumed walking up the hill.

I was walking between the graves—people who were now nothing more than gravestones and burial mounds. The woman from the Magnolia Café had said she could hear the dead speaking to each other. I hadn't believed her when she said it, but now I thought it might be possible.

When was it again? She had asked me to accompany her on one of her walks through the cemetery once. Seems like it was a chilly afternoon. Late autumn. I didn't really feel like it, but I couldn't find any reason to refuse. It was my first time walking around inside a graveyard. There was no one else around, and the whole, broad cemetery was deserted. Maybe it was the way she rested her head against my shoulder as we walked, but walking there was less disagreeable than I had expected. I even felt almost as though we were walking in a park with other people strolling leisurely around us. It felt natural, as if it were something I did everyday. It was the first time death had ever felt so familiar.

That day, I noticed that there were white packets super-glued tightly to the tops of some of the headstones. The packets were wrapped in plastic so they

"고지서예요."

그녀가 피식 웃으며 대꾸했다.

"고지서?"

"그래요. 죽은 사람에게 청구된 관리비죠. 죽은 사람도 세금을 내야 해요. 저 사람들은 관리비를 연체해서 독촉장을 받은 거예요."

나는 한 비석 앞에 멈춰 서서 비교적 자세하게 그 고지서를 들여다보았다. '특 3구역 2-/034'라는 글씨와 1,257,000원이라는 금액이 얼른 눈에 들어왔다.

"죽은 사람에게 저렇게 큰돈이 청구된단 말이야?"

나는 바보처럼 물었다.

"엄밀하게 말하면 죽은 사람의 자손들에게 청구된 것이긴 하지만, 죽어서도 여전히 빚 독촉을 받아야 하다니, 죽었어도 죽은 것이 아니지요."

"삶이 죽음의 발목을 붙잡고 있다고 해야 하나?"

"그 반대지요. 죽음이 삶을 먹고 있는 거예요."

나는 더 이상 대화를 이어가지 못했는데, 그것은 '죽음이 삶을 먹고 있다'는 그녀의 표현이 무언가 불량한 것, 예컨대 아가리를 크게 벌린 사마귀가 상징하는 어떤 것을 불러일으키려 했기 때문이었다. 무엇이든 먹어치울 것 같

wouldn't get wet in the rain. Despite that precaution, though, the ink on some of them had run, making the words difficult to read. They seemed strange and out of place.

"What are those?" I asked.

"Invoices," she replied with an ironic laugh.

"Invoices?"

"That's right. They're billing the dead for back maintenance fees. Even the dead have to pay taxes. And these dead are behind."

I stopped in front of a grave and took a closer look at the invoice stuck to it. The first thing I noticed was the designation, *Area 3: 2-7034*, and the fairly substantial amount of 1,257,000 *won*.

"How can they bill the dead for so much?" I asked stupidly.

"Well, technically speaking, they're billing the descendants of the deceased. But still—knowing you get notices from your creditors even when you're dead, death doesn't seemed to be everything it's cracked up to be."

"I guess life has got death by the ankles."

"The opposite—death is devouring life."

I couldn't think of anything to say in response. There was something wicked in her expression that

은 왕성한 식욕, 그것이 그녀를 아내와 구별시키는 특별한 요소였고, 또 나를 맹목의 열정 속으로 끌어당기는 힘이기도 했다.

햇빛은 묘비명마다에 떨어지고, 그 비석들 위에 놓인 고지서들 위에도 떨어졌다. 고지서를 싸고 있는 투명한 비닐봉지들이 햇빛을 받아 눈부시게 빛나고 있었다. 바람이 불면 흔들리기도 했지만 비석에서 떨어져나갈 정도는 아니었다. 그것들, 그 고지서들은 이승과 지승을 꺾쇠처럼 물고 있었다. 그 장면은 묘지 역시 현실의 일부이며, 죽음 또한 일상의 한 부분임을 실감나게 증언하고 있었다. 그리고 우리는 햇살이 눈부시게 쏟아지는 그 현실의 한복판에서 일상의 한 부분을 치렀다. 밀린 관리비 청구서가 비석에 단단하게 붙어 있는 누군가의 무덤 앞에서 그녀와 나는 옷을 다 벗고 정사를 벌였다. 햇살을 받은 그녀의 흰 가슴은 봉분처럼 부풀어 올랐다. 나는 그 위에 얼굴을 묻었고, 그녀는 여느 때보다 뜨겁게 달아올라 몸부림을 쳤다. 그 흥분의 절정에서 이 세상 것들이 죽음에게 먹히고 있다는 느낌이 당연한 것처럼 들었다.

그것이 그녀와의 마지막 정사였다. 그때까지 자책과 회한으로 괴로워하면서도 나는 그녀를 만나는 일을 그만두

'death is devouring life,' like she was trying to conjure up the image of a mantis with its maw spread wide. An appetite without limit—that was the unique element that differentiated that woman from my wife, and it was also the force that was pulling me into the throes of a blind passion.

The sunlight illuminated the names on the tombstones and the invoices stuck to the tops. The clear plastic wrap around the invoices sparkled brilliantly in the sun. They fluttered in the breeze, but not so much that they'd fall off. Those invoices were like brackets binding this world together with the next. The image of those invoices was vivid proof that graves were a part of reality and that death was a part of everyday life. Beneath the blinding sun, in the very middle of this reality, we lay down and engaged in another activity of everyday life. There, in front of an unknown grave, a maintenance fee invoice firmly attached to it, she and I stripped off our clothes and made love. In the sun, her white breasts rose up like burial mounds. I buried my head in them, and she writhed in greater passion than ever before. At the peak of our arousal, the feeling that the world was being devoured by death seemed like a thing completely natural and obvious.

지 못하고 있었고, 어떨 때는 내가 먼저 찾아가기도 했다. 매번 이번이 마지막이라고, 스스로를 속이면서. 그녀가 내 귀를 물어뜯었을 때 느꼈던 그 고통과 쾌락의 미묘한 감정으로부터 나는 한순간도 자유로울 수 없었던 것이다. 나는 잠시라도 고통스럽지 않은 적이 없었고, 동시에 그렇게 쾌락에 빠져 지낸 적도 달리 없었다. 그녀는 쾌락이고 또 환멸이었다. 흥분이고 또 고통이었다. 그녀는 마약 같은 존재였다. 나는 그녀를 끊으려고 하지만, 나의 의사로는 끊을 수 없다는 것을 알고 있었다.

그런데 어느 순간부터인가 상황이 달라져버렸다. 무엇 때문인지 갑자기 그녀가 연락을 끊어버린 것이었다. 뜻밖이었기 때문에 당황하지 않을 수 없었다. 아내로부터 별거를 요청받고 내가 집을 나온 직후였고, 그 무덤들 사이에서 격정에 찬 정사를 벌인 다음이었다. 묘지를 함께 산책하고 묘지 사이에서 정사를 벌인 그날, 그녀는 마지막을 기념하기 위해 그렇게 특별한 파티를 준비했던 것일까.

그녀의 침묵은 나를 견딜 수 없게 했다. 부끄럽지만 사실이었다. 그녀 앞에서 기회 있을 때마다 이젠 그만 만나야겠다, 오늘이 마지막이다, 라고 지껄이곤 했던 나의 말들이 모두 거짓이고 위선이었다는 사실이 너무나 적나라

That was the last time we made love. Even as I was tormented by remorse and regret, I couldn't stop myself from seeing her, and sometimes I even initiated our meetings. Lying to myself, I had said that every time would be the last. I couldn't free myself from her for even a moment, from the ambiguous mixture of pain and pleasure that I had felt when she had bit my ear. I was suffering constantly, but I had never been as absorbed in pleasure as I was then. She was both pleasure and disillusionment. Arousal and pain. She was like a drug. I wanted to quit her, but I knew I couldn't quit on my own.

Then everything suddenly changed. For whatever reason, she cut off all contact. It was so unexpected I couldn't help but be surprised. It was right after my wife had asked for a separation and I had moved out of the house, and after our wild tryst in the cemetery. Maybe what she had done for me the day that we walked between the headstones and made love amongst the graves had been something of a special celebration, a parting gift.

Her silence drove me crazy. I'm embarrassed to admit it, but it's true. Whenever I saw her, I went on and on about how we needed to stop meeting

하게 드러나고 말았다. 나는 충동을 주체하지 못하고 결국 며칠이 지나지 않아 목련을 찾아갔다. 그녀는 여전히 그 찻집에 사마귀와 함께 있었지만 더 이상 나에게 관심을 보이지 않았다. 모르는 사람을 대하듯 한 것은 아니지만, 그렇다고 잘 아는 사람 대하듯 한 것도 아니었다. 언제나처럼 문을 닫을 무렵에 찾아갔는데 그녀는 내가 보는 앞에서 가죽 코트를 입은 남자의 팔을 끼고 나갔다.

그런 수모를 당하고서도 어리석고 미련한 나는 몇 차례 더 그 찻집을 찾아갔다. 나는 그녀라는 마약에 중독되어 있었기 때문에 그녀를 흡입하지 않고는 살 수가 없었던 것이다. 나는 아내에게 그랬던 것처럼 비굴하게 사정을 했다. 하지만 그녀의 마음을 돌이킬 수는 없었다. 그녀는 나와 보냈던 시간들을 전혀 기억하지 못하는 사람처럼 나를 대했다.

내가 마지막으로 목련찻집에 갔을 때 그녀는 어디서 잡아왔는지 살아 있는 생쥐를 사마귀의 우리 안에 집어넣고 그 좁은 공간에서 사마귀가 덩치 큰 생쥐를 상대로 벌이는 전투를 매우 흥미진진하게 관전하고 있었다. 발을 구르고 박수를 치고 소리를 지르기도 했다.

처음에 나는 그녀가 이제 사마귀에게 싫증이 난 모양이

and how that time was the last time we'd see each other—but that those were all lies and the hypocrisy in what I said was quickly revealed. I couldn't control the urge to see her, so after a few days I went to the Magnolia Café. She was there with her mantis, but she no longer showed any interest in me at all. She didn't treat me like a total stranger, but she didn't treat me like someone she knew well, either. I went around closing time like I always had before, and, right in front of me, she linked arms with a man in a leather jacket and left.

Even after that disgrace, I was foolish and thick-headed enough to try going to see her a couple more times. She was a drug I was addicted to, and I couldn't live without another hit. I begged and pleaded with her like I had with my wife. But I couldn't change her heart. The way she treated me, it was like she couldn't even remember the time we had spent together.

The last time I went to the Magnolia Café, she had caught a large mouse somewhere and put it into the mantis cage. She was watching it fight with the mantis raptly. She was even stomping her feet and clapping as she let out excited exclamations. When I first saw what she was doing, I thought she must

라고 생각했다. 그런데 그게 아니었다. 잠시 후에 나는 믿기지 않는 광경을 목격했다. 그 날카로운 앞다리와 이빨로 사마귀는 자기 몸보다 훨씬 큰 생쥐를 기진맥진하게 만들었고, 마침내 쥐의 살점을 뜯어먹기 시작하는 장면이 나타났다. 사마귀의 앞다리에 완벽하게 붙들린 생쥐는 몸부림도 치며 저항했지만 이내 잠잠해졌다. 잔인하고 끔찍스러운 광경이었다. 구역질이 나오려고 하는 걸 몇 번이나 참아야 했다. 그러나 그녀는 딴판다. 그녀는 흥분해 있었다. 그녀의 눈빛은 더할 수 없이 진지하고 뜨거웠다. 그녀의 그 눈빛을 보는 순간 내 몸뚱이가 그녀에게 꼼짝없이 붙들린 것 같은 느낌이 들 정도였다. 그녀가 내 살을 뜯어먹고 있는 것 같았다. 더럭 겁이 났다. 나는 말도 붙이지 못하고 돌아섰고, 찻집 문을 나오자마자 속엣것을 모조리 토해 내었다. 그 이후로 다시는 목련에 가지 않았다.

그렇게 되었다. 그랬으므로 6개월이 더 지난 다음에 그녀가 회사로 보내온 청첩장을 대하는 순간 내 기분은 덤덤했다. 뜻밖이었고 어처구니가 없다는 느낌이긴 했다. 그녀가 어떻게 이런 걸 나에게 보낼 수 있단 말인가. 나는 어이가 없어 피식피식 웃었다. 하지만 그것이 전부였다. 그때는 이미 그녀, 그녀의 뜨겁고 뇌쇄적인 마약의 분위

have gotten tired of the mantis. But that wasn't the case at all. Very shortly, I witnessed something unbelievable. The mantis brought the much larger mouse to the point of exhaustion and then began tearing off pieces of the mouse's flesh with its sharp front legs and mandibles. The mantis had the mouse pinned, and the mouse struggled to break free, but soon its twitching stopped. It was a cruel and horrifying spectacle, and I found myself choking back bile several times as I watched.

But that woman was different. She was exhilarated. Her eyes were burning, intense and unwavering. Watching her eyes, I felt as though *she* had *me* pinned down so hard I couldn't move. As though she were tearing into my flesh. Suddenly I was afraid. Unable to say a word, I walked back out the café and heaved up everything in my stomach as soon as I was through the door. I never went back to the Magnolia Café again.

That was how it ended. So I was dumbstruck when six months later an invitation to her wedding arrived at my office. It was just so ridiculous and unexpected. What could have possessed her to send me an invitation to her wedding? I laughed bitterly at the absurdity of it all. But that was all. By that

기로부터 어느 만큼 빠져나와 있었고, 또 손윗동서가 누워 있는 병원에 갔다온 이후로 오로지 얼음처럼 차가워진 아내의 기분을 푸는 일에만 온 신경을 기울이고 있었으므로 그녀를 향한 벌거 벗은 욕망 같은 것은 생기지 않았다. 그것은 꽤 다행스러운 일이었다. 그리고 거듭하는 말이지만, 나는 그녀의 결혼식에 참석할 마음이 전혀 없었다. 손윗동서가 그렇게 허망하고 어이없게 이 세상을 떠나지만 않았다면, 아니 그 사람이 묻힐 묘지가 목련공원만 아니었다면 나는 다시 이곳에 나타나지 않았을 것이다.

그는 왜 그렇게 죽어야 했을까? 오로지 자기 소유의 집을 한 채 소망했고, 그 소망 하나를 등불처럼 가슴에 걸고 모든 것을 유예한 채 살아온 사람이었다. 그런데 그렇게 소망하던 아파트에 들어가자마자 죽음이 날카로운 발톱을 들어 그의 몸을 사정없이 움켜쥐었다. 죽음은 그의 몸을 포식한 것이 아닌가. 나는 어쩌나 열정적인지 교미를 할 때마다 수컷의 몸을 통째로 먹어치워 버린다는 암사마귀를 떠올렸다. 아니, 단 한 번의 쾌락을 위해 제 목숨을 내놓는, 자기가 암컷에게 먹히리라는 걸 알면서도 한순간의 흥분을 위해 기꺼이 암컷과 몸을 섞는 그 격정의 수사마귀를 생각했다. 누가 더 열정적인가. 잡아먹는 암컷인

point I had almost freed myself entirely from the captivating power of her drug. Also, it being after I visited my wife's brother-in-law in the hospital, I was so mentally occupied with trying to patch things up with a wife who had become completely frozen towards me that I couldn't feel any naked desire for that woman. And I'm thankful I couldn't. Like I said, I didn't have any intention of going to that woman's wedding. If my wife's brother-in-law hadn't left this earth in such a meaningless, absurd way, or if his funeral had just been held anywhere but Magnolia Park, I never would have gone back there again.

Why did he have to go like this? All he had ever wanted was a house of his own, and with that hope burning like a candle inside him, he put everything else in his life on hold. But then, just when he had finally moved into the apartment he had wished so long for, he was caught up, without warning, in the clutch of death—as though he were the prey and death the hunter.

I thought of the female praying mantis who, in her passion, would devour the male every time she mated. Or, rather, I thought of the male praying mantis who would sacrifice his life just for a single

가, 먹히는 수컷인가. 암컷은 고작 먹을 뿐이지만, 수컷은 먹히기까지 한다. 암컷은 먹힐 정도로는 정열적이지 못하기 때문에 먹기만 할 뿐이지만, 수컷은 제 몸을 먹게 내줄 정도로 열정적이지 않은가.

그리고 나는 생각했다. 나의 손윗동서, 내가 한 번도 형님이라고 불러보지 못한 그 형님 역시 무엇엔가 먹힌 것이라고. 그만큼 열정적이었던 것이라고. 그의 삶을 움켜쥐고 조금씩 먹어온 것이 있었다. 그는 한순간의 흥분과 쾌락을 위해 자신의 목숨을 먹히는 쪽에 내준 것이다. 그런데 그를 먹은 것은 정말로 무엇이었을까? 죽음이었을까? 아니, 그의 경우 역시 나와 마찬가지로 욕망이 아니었을까?

생각이 거기까지 발전했을 때 환청처럼 여러 발의 총소리가 들렸다. 잘못 들은 것 같지는 않았다. 나는 반사적으로 고개를 들어 산꼭대기를 올려다보았다. 검은 옷과 흰 옷을 입은 사람들 가운데 두세 명 정도가 순간적으로 고개를 돌려 아래쪽을 내려다보는 모습이 잡혔다. 어쩌면 그 가운데 한 여자는 내 아내인지도 모를 일이었다. 그들도 총성을 들었다는 것일까. 그리고 아래쪽으로 시선을 옮긴 것은 그 총성이 산 밑에서 울렸다는 걸 말해주는 것일까. 나는 그들의 고갯짓에 따라 산 아래로 몸을 틀었다.

moment of pleasure. Even knowing that he would be eaten by the female, he would have the passion to bring his body together with her for one moment of arousal. Who was the more passionate one? The female devouring her lover or the devoured male? While she does nothing more than eat, the male lets himself be eaten. Doesn't the female eat because she lacks the passion to allow herself to be eaten, while the male offers himself up to her because his passion is so great?

I thought of my wife's brother-in-law, whom I had never really been the least bit close with. He was one of those who allow himself to be eaten. That was how passionate he had been. Something had gotten ahold of him, and had eaten him little by little. He decided to sacrifice himself for a single moment of pleasure and excitement. But just what was it that ate him? Was it death? Or was he, just as I was, ultimately eaten by desire?

Around when my thoughts had reached that point, I heard gunshots ring out. It seemed I might be hearing things, but I was sure of what I'd heard. Reflexively, I turned to look up towards the top of the hill. I saw that several of the mourners there had turned their heads and were looking back down the

째 높이 올라왔는지 미술관 안의 조각공원이 한눈에 내려다보였다. 많은 사람들이 이리저리로 다급하게 몸을 피하는 모습이 보였다. 햇빛이 폭포처럼 쏟아지는 초록의 잔디밭이 심하게 흔들렸다. 와자지껄 시끄러운 소리도 길을 타고 올라왔다. 무슨 일인가 벌어지고 있음에 틀림없었다. 나는 어떻게 하겠다는 작정도 없이 애써 걸어 올라왔던 비탈길을 단숨에 뛰어내려갔다. 다리가 휘청거리고 숨이 차올랐다. 미술관 입구에 이르러서 나는 걸음을 멈추고 호흡을 가다듬었다.

결혼식장은 난장판이 되어 있었다. 색색의 꽃들이 잔디밭 위에 뒹굴고, 식탁 위에 차려진 음식들이 함부로 엎어져 있었다. 사람들은 덩치가 큰 조각품들 뒤에 몸을 숨기고 있었다. 조각공원의 한복판에는 턱시도 차림의 남자가 얼굴을 땅에 박고 마치 애인을 끌어안듯 양팔을 벌린 채 누워 있었는데, 그 모습이 조각품들 가운데 하나로 보였다.

그리고 나는 머리를 짧게 자른 남자가 총구를 이쪽저쪽으로 휘둘러대며 어떤 여자를 끌고 가는 장면을 보았다. 나는 그 여자를 쉽게 알아보았다. 그녀는 언제나처럼 발끝까지 내려오는 검은 드레스 차림이었고, 그 때문에 구별하기가 더욱 용이했다. 자신의 결혼식에 그녀는 어떻게

slope. Maybe one of them was even my wife. They had heard the gunshots, too. From where they were looking, the shots must have come from down below. I followed their eyes down the hill. I was high up enough to see out over the whole of the sculpture garden at the museum. People were fleeing in every direction. The grass heaved violently as the sunlight fell upon it like a waterfall. The clamor of bedlam came up along the path. Obviously, something was wrong. Without even thinking about what I was doing, I turned and ran breakneck back down the slope I had just exerted so much energy to climb. My legs had gone limp and I was struggling to breathe, but I didn't stop to catch my breath until I arrived at the entrance of the museum.

The wedding was in complete chaos. Brightly colored flowers were strewn all over the lawn, and food had been thrown everywhere. People were hiding behind some of the larger statues. A man in a tuxedo was sprawled across the grass, his arms spread wide as though he were embracing his lover. He almost looked like just another one of the statues.

Then I saw a man with short, cropped hair waving a gun as he dragged a woman off. I could easily tell

검은 드레스를 입고 나올 생각을 했을까.

남자는 몹시 흥분해 있었다. 그런데 그 모습이 나에게는 어쩐지 몸부림처럼 느껴졌다. 남자는 꽥꽥 소리를 질러댔지만 그 목소리는 울음에 섞여 나왔기 때문에 도무지 무슨 말인지 알아들을 수가 없었다.

너무 급하게 뛰어내려와서 그런지 나는 호흡이 가빴고, 거의 쓰러질 것 같았다. 겨우 담벼락에 등을 기대고 서서 짐승처럼 울부짖으며 내 옆을 지나가는 그 남자를 홀린 듯한 얼굴로 바라보았다. 그 순간 그 남자가 여자의 가슴에 총구를 들이대고 방아쇠를 당길 거라는 기대가 나의 숨을 거칠게 했는지 모른다. 나는 속으로, 어서 방아쇠를 당기라고, 그래야 네가 죽지 않는다고 중얼거리고 있었다. 그러나 그런 나의 욕망은 그녀와 시선이 마주치는 순간 와르르 무너져버렸다. 그 절박한 위기의 순간에, 미쳐 날뛰는 것 같은 남자의 손에 끌려가면서도 그녀는 미소를 짓고 있었다. 믿을 수 없는 미소였다. 일순간에 다리의 힘이 쭉 빠져나가는 듯했다. 아, 그가 그녀를 끌고 가는 것이 아니라 그녀가 그를 억센 다리로 움켜쥐고 있었던 것이다. 나는 이내 땅바닥에 털썩 주저앉고 말았다.

『목련공원』, 문이당, 1998

who the woman was. It was easy to identify her because she was wearing a black ankle-length dress like she always did. What could have compelled her to wear a black dress to her own wedding?

The man was extremely agitated. But for some reason, he seemed like a man in the throes of a death struggle. He kept yelling and screaming, but because his voice was mixed with tears, I couldn't make out a word of what he was saying.

I had lost my breath running down the hill so quickly and felt about to collapse. I leaned up against a wall so I wouldn't fall over and watched mesmerized as the man passed in front of me, screaming like an animal. At that moment, I might have even been breathing hard because I was hoping he might put the gun to the woman's breast and pull the trigger. Shoot her, I whispered secretly to myself, shoot her so you can live. But the moment my eyes met hers, my hope that he would shoot her was crushed. Even in that desperate moment, as she was being dragged away by a raving man, she was smiling. It was an impossible smile. For a moment, I thought my legs would give way beneath me. Ah, I realized, he's not dragging her away, she's dragging him. He was locked in her pincers. And then, finally, I fell.

1) *Pyeong* is a traditional unit for measuring area equal to
   $3.3m^2$ that is still commonly used with reference to building
   floor area and the sizes of parcels of land.

2) A typical Korean funeral lasts for three days with family
   members often staying at the funeral home for the full peri-
   od, prepared to receive guests at any time of the day or
   night.

3) *Hwatu* refers to a deck of 48 brightly illustrated playing
   cards common in Korea and many neighboring countries,
   as well as to games played with those cards.

4) A *noraebang* is one of the ubiquitous 'singing rooms' that
   can be found throughout Korea.

5) *Maeuntang* is a spicy seafood stew that is often eaten
   while drinking *soju*, a clear, vodka-like liquor.

6) Traditional Korean graves take the form of tumuli, or earth-
   en mounds, typically around a meter-and-a-half in height
   and maybe two meters in diameter.

Translated by Eugene Larsen-Hallock

해설

Afterword

무덤에서의 웨딩마치

정은경(문학평론가)

이승우의 1981년 데뷔작 『에리직톤의 초상』은 '기독교'를 내세워 현실 세계의 종교 권력에 대한 비판적 성찰을 보여주고 있는 작품이다. 이후 그의 소설에 대한 평가에 '관념적, 사변적, 형이상학적, 초월적'이라는 비평적 수사가 자주 붙는 데서 알 수 있듯, 그의 문제의식은 대체로 '근본적이고 실존적인 것'과 맞닿아 있다. 이는 신학대학과 신학대학원 수학이라는 그의 이력에서 빚어진 부분이기도 할 터인데, 신에 대한 사유나 세속적인 종교 문제 외의 현실 문제를 다룰 때에도 이승우의 시각은 다른 작가들에 비해 훨씬 근원적이고 심층적, 우의적인 경우가 많다.

「목련공원」에서 보여주는 욕망에 대한 탐구 또한 이승

Cemetery Wedding March

Jeong Eun-gyeong (literary Critic)

Lee Seung-u made his literary debut with his novella *The Portrait of Erysichthon*, a critical examination from a Christian perspective of religious authority in a material world. Since then, terms such as "idealistic", "metaphysical", or "transcendental" have often been applied in criticism of Lee's work. Just as these terms suggest, his stories touch on issues of the 'the fundamental and the existential'— an aspect of his writing likely informed by his theological studies in university and graduate school. Whether he is discussing thoughts on God and the problems of the worldly Church or more mundane problems, Lee approaches to his subject is often

우 문학의 특징을 잘 드러내고 있다. 이 소설에는 '삶과 죽음'이라는 대립이 여러 가지로 변주되는데, 가령 '결혼식과 장례식' '찻집 여자의 뜨거움과 아내의 차가움' '공원묘지와 미술관의 예식장' 등이 그것이다. 그리고 이러한 것들은 별개의 것이 아니라 생을 구성하면서 혼류하는 하나의 것이라는 것, 즉 욕망의 실체라는 것이 이 소설의 궁극적인 메시지라 할 수 있다.

욕망의 실세로서의 삶과 죽음을 향한 에너지, 프로이트는 이를 일찍이 에로스와 타나토스라고 명명한 바 있는데 「목련공원」은 프로이트적 이론에 대한 소설적 형상화라 할만큼 이 극단적 에너지의 대비와 혼재를 잘 그리고 있다. 이승우는 이 소설에서 두 명의 인물을 내세운다. 하나는 아내의 형부, 즉 손윗동서이고 또 다른 하나는 '목련공원'의 찻집 주인 여자이다. 화자인 '나'는 해외 출장에서 돌아온 후 별거 중인 아내로부터 전화를 한 통 받는다. 40대 중반인 손윗동서가 사망했고 다음 날 목련공원 묘지에서 장례식을 치른다는 것. '목련공원'이라는 지명에서 '나'는 다음 날 같은 장소 미술관에서 있을 어떤 결혼식을 떠올리고 폭음을 한다. 그리고 다음 날 늦게 '목련공원'으로 향하면서 그 결혼식의 '신부'와 있었던 기이한 정사를 떠

more elemental, more allegorical and generally deeper than that of other writers.

Magnolia Park's exploration of desire is characteristic of Lee's writing. There are several variations in the story on the contrasting binary of life and death: the wedding and the funeral, the passion of the woman café owner and the chilly attitude of the narrator's wife, the Magnolia Park graveyard and the museum chapel. Ultimately, *Magnolia Park*'s message might be that the oppositions seemingly posed in these pairings are not actually separate at all, but the mixed wholes forming the substance of desire.

Freud long ago named the erotic energies driving us towards life and death "Eros" and "Thanatos," These diametrically opposing forces and their co-existence are depicted so clearly in *Magnolia Park* that the story is almost a novelistic instantiation of Freudian theory. This is most clearly seen in two of the story's characters. The first is the brother-in-law of the main character's wife, and the other is the woman who owns the Magnolia Café.

A general summary of the piece is as follows: The first-person narrator returns from an overseas business trip and receives a call from his estranged wife. She tells him that her sister's husband has passed

올린다. 그녀는 목련공원 묘지 찻집의 여주인으로, 현재 '나'와 아내의 별거의 원인이 되었던 여인이다. 1년 전쯤 '나'는 아는 화가의 전시회를 보기 위해 목련공원의 미술관에 갔고 그곳에서 그녀를 만나게 되고 외도를 하게 된다. '나'는 죄의식과 수치심에 매번 '마지막'이라고 생각하며 그녀로부터 벗어나려고 하지만, 불가항력적인 어떤 끌림은 그를 파멸의 수렁으로 이끌고 들어간다. 작가는 이 끌림을 '니'의 아내의 차가움과 냉정함과 대비되는 어떤 뇌쇄적이고 치명적인 유혹으로 그리고 있는데, 이 에로티시즘의 불꽃은 사마귀의 교미로 우의화되고 있다.

"사마귀가 교미하는 걸 봤어요? 암컷은 얼마나 정열적인지 정사를 할 때면 수컷을 통째로 먹어치워 버려요. 수컷은 단 한 번의 불같이 뜨거운 정사의 대가로 목숨을 내놓는 거지요. 나는 그런 뜨거움이 좋아요. 그렇게 먹고 먹임을 당하는, 목숨을 건 사랑이 좋아요. 알아요? 내가 지금 당신을 통째로 먹어버리고 싶다는 걸?"

에로티시즘은 인간의 근원적 충동인 생의 충동과 죽음의 충동이 동시에 분출되는 어떤 정지의 순간이다. 주인

away. The sister's husband was in his 40s. The funeral would be held the following day at the Magnolia Park cemetery. For the narrator, the name 'Magnolia Park' recalls the wedding due to take place in the Magnolia Park art museum, held at the same time as the funeral in the Magnolia Park cemetary.

Thinking of the wedding then leads him to thoughts of the peculiar affair he had with the bride. The bride was the owner of the Magnolia Café and the reason for the narrator's separation from his wife. The affair had begun about a year before, when the narrator and the café owner met at a gallery opening held by the narrator's painter friend. Overwhelmed by guilt and shame, the narrator had told himself that each meeting with the woman from the Magnolia Café would be his last and struggled to free himself from her, but an irresistible attraction kept pulling him back to her despite the danger she represented. The narrator portrays the woman's attraction as an alluring, fatal seductiveness that he contrasts with the coolness and dispassion of his wife. The sparks which result are allegorized as the mating of praying mantises.

공 '나'는 '팜므파탈적' 찻집 여주인과의 섹스를 통해 이 불꽃놀이 같은 희열을 맛본다. 그러나 이 감각의 축제는 라깡이 말했던 죽음과 맞닿아 있는 '향유(jouissance)'로, 일상적으로 금지된 향유이다. 즉 희열과 에로스의 어떤 지점을 지나치면 그곳에는 죽음이 도사리고 있는 것이다. 어떤 '불량스러운' 위험을 감지한 '나'의 차가운 이성은 그녀의 뇌쇄적 마력으로부터 벗어나도록 요구한다. 그러니 '나'는 그녀와의 뜨거운 육체 속에서 두려워하면서도 끌려가고 결국 '나'는 '얼음처럼' 냉정한 아내로부터 내쳐지게 된다. 그 후 '나'의 전체를 틀어쥐고 있던 '그녀' 또한 '나'를 놓아준다.

작가 이승우는 남녀의 섹슈얼리티를 통해 욕망의 이중성을 묘파하고 있는데, 이는 '생'에 대한 인식으로 확장된다. '장례식'의 주인공인 '나'의 손윗동서는 겨우 40대 중반에 간암으로 생을 마친다. 그는 '아파트'로 표상되는 미래의 행복을 위해 모든 향락을 포기하거나 지연시켜왔던 금욕과 절제의 인물이다. 그는 독서실의 한구석의 조그만 방에서 살면서 학원 운전기사, 서적도매상의 영업 사원을 전전해왔으며, 그의 아내 또한 백화점 점원 노릇을 하며 '아파트'를 위해 모든 것을 희생해왔다. 15년 동안 여름휴

Have you ever seen mantises do it? I hope you have. The female gets so worked up with passion that when she makes love, she eats the male whole. The male gives up his life just to make love one passionate time. That's the sort of passion I like. Eating and being eaten. A love you risk your life for. You know what? I want to eat you right up.

The erotic is that moment of stillness during the simultaneous eruption of the fundamental human drives for life and for death. Through sex with the 'femme-fatale' character of the café owner, the narrator comes to know a giddy excitement, like he is playing with fireworks. Yet, their celebration of this sensation is Lacan's *joissance*, a pleasure forbidden in everyday life, and a joy tangential to death. Beyond a certain point of pleasure—beyond Eros— death is waiting. In the coolness of reason, the narrator recognizes the danger he faces, and the necessity to escape the café owner's alluring spell. But even in his fear he is physically drawn to the café owner and driven away from his wife by her 'icy' coldness. In the end, however, he is tossed aside by the woman who grips him so tightly, and the woman from the Magnolia Café leaves him.

가라고는 단 한 번도 가보지 못하고 그 흔한 노래방조차 멀리하면서 근검절약했던 이들 부부는 아파트 장만이라는 꿈을 이루면서 드디어 환희로 전환되는 듯한 순간을 맞는다. 그러나 바로 그 절정의 순간, '그'는 '간암'이라는 죽음의 판정을 받게 되고 결국 2개월 만에 무덤으로 들어가게 된다. "오로지 자기 소유의 집을 한 채 소망했고, 그 소망 하나를 등불처럼 가슴에 걸고 모든 것을 유예한 채 살아온 사람", 그 소망을 이루자 곧 '죽음에 포식되고 만 그'라는 작가의 인식은 곧 욕망과 생 자체의 동일성에 대한 성찰을 보여준다. 섹슈얼리티의 감각적이고 즉각적인 향락에 내포된 에로스와 타나토스는 삶 자체의 근간이라는 것. '살아가면서 죽어가기' 혹은 '죽어가면서 살아가기'로 요약되는 생에 대한 통찰은 '그녀'와의 묘지 산책을 통해 선명하게 그려진다. '나'는 그녀와 묘지 사이에서 정사를 나누면서 고통과 쾌락을, 그리고 환멸을 동시에 느낀다. 고통과 쾌락, 삶과 죽음이 동시적일 수밖에 없는 이 역설을 그녀는 "죽음이 삶을 먹고 있다"고 표현한다. 우리는 어떤 뜨거운 열정에 이끌려 에로스를 분출하면서 살아가는 듯하지만 결국 삶이란 자신의 목숨을 내주면서 나가는 과정일 뿐이고, 욕망의 얼굴을 한 죽음의 아가리일

Through the contrast of male and female sexuality, Lee exposes the duality of desire, and from there suggests a way of understanding life. The star of the funeral—the main character's wife's brother-in-law—was brought to an early end by liver cancer. The brother-in-law had been a restrained, temperate man, who had foregone or delayed all pleasures for the sake of future happiness. In his case, this happiness was represented by the dream of one day owning an apartment, which he and his wife sacrificed everything to save for. For fifteen years, they had lived in a tiny room in the corner of a building floor he and his wife had turned into rented study spaces for students. Meanwhile, the main character's brother-in-law worked two jobs, one as an after-school math academy driver and the other as a book wholesaler clerk. While his wife worked in a department store. After those fifteen years of scrimping and saving, throughout which they never took even a single summer vacation or went to *karaoke* that was so popular at that time, they finally realized their dream of buying an apartment. For a moment, things seemed to be looking up. As soon as they reached that point, however, the narrator's wife's brother-in-law is diagnosed with the liver

뿐이라는 것. 삶의 미혹에 대한 작가 이승우의 이러한 메시지는 오래된 진실의 반복일 수 있으나 잔잔한 문체 이면에 배어 있는 차가움과 뜨거움의 파토스, 장례식과 결혼식, 묘지와 정사 등의 몽타주로 인해 다시금 섬뜩하게 환기되는 두려운 실재일 것이다.

cancer that would put him in the grave less than two months later. "All he had ever wanted was a house of his own, and with that hope burning like a candle inside him, he put everything else in his life on hold." The moment he had realized his wish, he is "devoured" by death.

For Lee, to be alive is to desire, and the Eros and Thanatos implied in the immediate, sensuous pleasure of sexuality are themselves the very basis of life itself. The insight that to live is to be constantly dying, and that to be dying means that one is yet alive, is clearly illustrated in the narrator's final walk with the café owner through the cemetery. They make love between the graves, and the narrator feels pain—and pleasure. But he has been disillusioned. He has understood the paradox that pain and pleasure, just like life and death, always accompany each other. This paradox is voiced by the woman from the Magnolia Café as "death devouring life." When we are drawn in by the heat of passion and burst with Erotic energy, it may seem as though we are then most alive. But in the end, what we are doing is nothing more than offering up life to the mandibles of death. Lee's message about the infatuating delusion of life can seem like the repetition of an age-old truth. At the same time, though, running beneath the still surface of his prose are currents of heat and cold that make for spine-tingling reminders of that truth's actuality, truth that rises to the surface in the jarring juxtapositions of a wedding and a funeral, of graves and love making.

비평의 목소리

Critical Acclaim

이승우는 사연과 곡절이 차고 넘치는 우리 문학으로서는 드물게 형이상학적 탐구의 길을 걸어온 작가다. 그렇다고 그가 현실로부터 시선을 돌렸다는 말은 아니다. 오히려 그의 언어는 혼란스러울 정도로 다양한 현실의 넓이를 담아내고 있다고 말해야 할 것이다. 하지만 그는 평면적인 사실의 나열과 묘사를 넘어선 지점, 늘 그것들을 관류하는 형이상학이 아니라, 현실 속의 형이상학을 탐구한 것이다. 그것이 초월성이 부재한 우리 문단에서 그가 차지하고 있는 남다른 자리다.

박철화

While Korean literature often overflows with detail and exposition, Lee Seung-u is one of the rare authors who explore the metaphysical in his writing. This is not to say he's turned his gaze away from reality. Rather, his writing has an almost overwhelming breadth and is capable of encompassing a multitude of realities. He goes beyond the simple linear arrangement of facts and descriptions, and explores the metaphysical. But the metaphysics he probes is not the metaphysics that so often permeates those things—it is the metaphysics of reality. This is the unique position Lee occupies within the Korean literary scene, which is so lacking of the

흔히 말해지는 윤리적 덕목이라는 것이 결국은 자신의 불편함을 경감하려는 이기적 목적에서 행해지고 있음을 이승우만큼 끊임없이 또 날카롭게 지적한 경우도 드물다. 아버지이기 때문에 용서해야 할까? 그러나 '나'의 삶이 출발점에서부터 불행하도록 강요했다면, 아버지 이야기 때문에 더더욱 용서할 수 없는 것은 아닌가? (⋯) 「풍장」의 '나'가 아버지를 용서할 수 있다면, 그것은 '나' 역시 죄지은 자임을 깨닫기 때문이다. 어떤 죄인가? 아버지에 대한 용서라는 동일한 주제를 다룬 「터널」의 한 대목을 빌리면, 그것은 "자네는 살아오는 동안 다른 사람 아프게 한 적이 없는가? 그런 일이 왜 없겠는가?"라는 절대적 질문에 대한 대답으로서의 죄일 것이다. 이것이 이승우의 소설이 그리는 세계이다. "반드시 선한 의지의 작용만을 받고 있는 것은 아니"므로 누구나 죄를 지을 수밖에 없는 세계, 이 "터무니없는 법칙에 의해 움직"이는 세계는, 물론 어둡고 불행하다.

이수형

작가 이승우의 소설은 늘 신 앞에 던져진 인간의 조건에 대한 탐구에 바쳐져 왔다. 그것은 실존 철학에 가깝고

transcendental.

It is rare to see an author who so consistently and precisely identifies how the motive behind ethical virtue is, ultimately, the selfish desire to reduce one's own discomfort. Should the narrator forgive him because he is his father? But if the narrator's life was filled with misery from its very beginning, then isn't his father's paternity itself unforgivable?... If the narrator of "Sky Burial" can forgive his father, it's because the narrator realizes that he himself is the one who has sinned. But sinned how? To borrow a line from "Tunnel," which also deals with the theme of forgiving one's father, it is the sin that comes in the form of the answer to the question: "During your life have you ever caused another pain? Why wouldn't you have?" This is the world portrayed in Lee Seung-u's stories and novels. Because one "isn't acted upon only by the will to do good," it is a world in which it is impossible for anyone to avoid sinning and a world of darkness and misfortune.

Lee Su-hyeong

Lee Seung-u's novels have always been dedicated

신학에 가까운 것인데, 이번 작품집에서는 이러한 종교적 주제를 우리의 일상에 가까운 쪽으로 끌어내리고 있다. 이승우가 펼쳐보이는 세계는 감각에 의해 예민하게 포착된 엽기의 세계이다. 물론 그의 소설을 관류하여 흐르는 엽기의 세계는 요란함과는 다르지만, 그 저변을 흐르는 불안의 에네르기는 매우 강하다. 우리는 이승우 소설에서 평온해 보이는 우리의 일상 밑바닥에서 무섭고 강하게 흘러가는, 알 수 없는 불안의 에네르기를 감지한다.

김만수

이것은 이승우의 고향 콤플렉스이며, 그 콤플렉스는 이승우의 소설에서 위치를 달리해서 빈번하게 등장하는 고시(세속적 출세 욕망), 광인, 실종 등의 모티프들과 관련이 있을 것이다. 고시, 광인, 실종 모티프들은 대부분 아버지를 매개로 전개된다는 점에서 이승우의 고향 콤플렉스는 오이디푸스 콤플렉스의 일종이다. 이승우의 소설은 아버지에게 멀어지면서 다가가기의 이율배반성을 대부분 갖고 있는 셈이다.

하응백

to an investigation of the human condition in which man is thrown before God. His writing is something like existential philosophy and something like theology, but in this collection of short stories, Lee brings these religious themes closer to everyday life. The world that Lee lays out in his novels is a bizarre one, one keenly understood through the senses. It's not that the world that permeates Lee's novels is boisterous or gaudy, but there is a strong, uneasy energy flowing around the edges. In his novels, what we can detect is the powerful, unknown and terrifying energy of unease that runs beneath the apparent peace of our everyday lives.

Kim Man-su

This is part of Lee Seung-u's "hometown complex," which appears in connection with motifs such as the civil-service exams (i.e. the desire for worldly success), madmen, and disappearance that frequently show up in different locations in his novels. Since, in Lee's work, these motifs are most often developed through the intermediary of the father, Lee's hometown complex is a type of Oedipus complex. That is to say, most of Lee's novels are self-contradictory in that they simultaneously move far-

이승우 소설은 저마다의 기억 속에 깊숙이 묻어둔 낡은 일기장을 다시 꺼내서 읽게 만든다. 거기에 적혀 있는 오래된 문장들은 우리가 근원적인 죄의식으로부터 어떻게 도망쳐 왔는지, 단단해 보이는 일상의 집은 얼마나 위태로운 것인지, 우리는 왜 자꾸만 타인과의 소통에 실패하게 되는지, 그리하여 우리의 현재는 처음의 출발점에서 얼마나 어긋나 있는지 새삼스럽게 되묻는다. 이 불편한 질문들에 더듬거리며 대답하기 시작하는 순간 우리는 비로소 이승우 소설의 최초의 독자이자 자신의 삶의 유일한 저자가 된다.

진정석

ther away from and draw nearer to the figure of the father.

Ha Eung-baek

Lee Seung-u's novels are the sorts of fiction that make us pull out the old diaries buried deep within our memories. The sentences that are written there from long ago make us wonder again: how it was that we ever escaped from our feelings of existential guilt, how dangerous the sturdy-seeming house of day-to-day life actually is, why we constantly fail in our efforts to communicate with others, and how the present situations we find ourselves in were ill-fated from the very beginning. As soon as we begin to answer these uncomfortable questions, we become the readers of Lee's novels and the authors of our own lives.

Jin Jeong-seok

이승우

1959년 2월 21일에 남도 바닷가 마을인 전남 장흥에서 출생했다. 중학교 1학년 때까지 장흥에서 살다가 이후 서울로 올라가게 된다. 그는 서울에서 형과 자취를 하고 친척집에서 거처하기도 하는데 이렇듯 낯선 대도시에서의 불안정한 생활은 그를 '비사회적 소년', 내성적이면서 외곬적인 청년으로 자라나게 한다.

불안하고 고독했던 청소년 시절을 거치면서 이승우는 고등학교 1학년 무렵 교회에 다니기 시작한다. 그곳에서 위안과 구원의 가능성을 엿보게 된 그는 서울신학대학에 장학생으로 입학하여 본격적으로 신학을 공부하게 된다. 그러나 이승우는 밝고 긍정적이며 친화적인 그곳 신학대학의 분위기에 적응하지 못하고, 대신 도서관에서 많은 책을 읽게 된다. 이청준과 윤흥길의 소설, 오규원, 정현종 등의 시와 만나고 이를 탐독하면서 작가 수업을 밟아나간다. 1981년 군입대를 위한 신체검사에서 폐결핵 진단을 받고 입대 대신 어머니가 계신 강원도 철원으로 요양을 간다. 그리고 그해 12월 중편소설 『에리직톤의 초상』으로

Lee Seung-u

Lee Seung-u was born on February 21st, 1959, in a seaside, southern village in Jangheung Jeollanam-do. He lived there until he moved up to Seoul in his first year of middle school. In Seoul, he lived off-and-on with his older brother and other relatives, this instability eventually turning him into an antiso-cial youth and, later, a single-minded young man.

After the insecurity and isolation of his early years, Lee started going to church around his first year of high school. Religion provided his first glimpse into the possibility of solace and salvation, and he went on to enroll as a scholarship student at Seoul Theological University. Lee had difficulty, however, adjusting to the positive, affirming atmosphere of university life and spent most of his time in the library buried in books. He absorbed himself in the novels of writers like Lee Cheong-jun, Yun Heung-gil, Oh Gyu-won, and Jeong Hyeon-jong, these readings ultimately forming the basis of his educa-tion as a writer. Lee was diagnosed with tuberculo-sis in 1981 during a post-conscription physical examination. So, instead of entering the military, he

문단에 데뷔하게 된다.

『에리직톤의 초상』에서 보여주는 현세 종교 권력과 기독교적 구원의 문제는 이후 이승우 작품세계를 이루는 중요한 기둥이라 할 수 있는데, 이 주제는 「해는 어떻게 뜨는가」「생의 이면」「가시나무 그늘」「고산지대」 등에 변주되어 나타난다. 이러한 초월적·형이상학적 소재와 주제의식은 이승우 문학을 최인훈, 이청준 등으로 대표되는 한국의 관념 소설의 계보 아래에서 이해하게끔 한다. 물론 '사변적, 분석적, 실존적'으로 평가되는 이승우의 문학이 비현실적이며 초월적인 세계에만 머물렀던 것은 아니다. 한국전쟁의 비극을 다루고 있는 「샘섬」이나 폭력적인 통치 권력에 대한 비판의식을 담고 있는 「당신의 자리」「구평목씨의 바퀴벌레」, 중산층 가정의 균열을 다루고 있는 「멀고먼 관계」 등은 작가 이승우의 관심이 성과 속을 비롯한 다양한 현실의 스펙트럼 위에 놓여 있음을 보여준다. 그러나 대체로 이승우 문장들은 현실적인 문제를 다룰 때도 '죄의식'이나 '윤리' 등 근원적인 방향으로 향하고 있다는 점에서 이승우의 문학은 한국 문학에서는 드문 관념성을 보여주고 있다고 할 수 있다.

데뷔 후 《신앙세계》라는 기독교 잡지사에서 일하면서

went to recuperate in the Gangwon-do county of Cheorwon where his mother lived. It was in December of that year that *The Portrait of Erysichthon* was published.

The problems of religious authority in the material world and the idea of Christian salvation, immediately apparent in *The Portrait of Erysichthon,* would later become mainstays of Lee's work. Variations on this theme would appear in "How Does the Sun Rise?," "The Other Side of Life," "The Shadow of the Beech Tree," and "High in the Mountains." His work's tendency to deal with transcendental or metaphysical themes begs to be understood as belonging to the lineage of idealistic writers such as Choi In-hun or Lee Cheong-jun.

Of course, even while Lee's writing is regarded as "speculative" "analytical," and "existential," it does not confine itself to the realm of the fantastic and transcendental. That Lee's interests range across the spectrum of the spiritual and the mundane is shown by the wide range of situations depicted in his stories. There are stories like "Sem Island," which deals with the tragedy of the Korean War, stories such as "Your Place" and "Gu Pyeong-mok's Cockroach," which criticize the violence of political authority,

대학원 공부와 창작을 병행하다가 1987년 전업작가의 길에 들어선 이후 많은 작품을 발표한다. 1993년 『생의 이면』으로 제1회 대산문학상을 수상하였는데, 이 작품은 2000년 프랑스에서 번역·출판되어 현지 문단으로부터 큰 호평을 받았다. 2002년에는 『나는 아주 오래 살 것이다』로 15회 동서문학상을 수상하였으며 2001년부터 현재까지 조선대학교에서 소설 창작을 가르치고 있다.

and even stories like "Distant Relations," which examines the breakdown of the middle-class family. But even when Lee is confronting real-world problems, there is a drift toward grand themes such as the universal values of "guilt" or "ethics," revealing in Lee's writing an idealism rarely seen in Korean literature.

After his debut, Lee worked for the Christian magazine *World of Faith* while attending graduate school. Since becoming a full-time writer in 1987, he has produced a huge number of works. He became the first recipient of the Dasan Foundation Literary Award with 1993's *The Other Side of Life*, which in 2000, was translated and published in France, where it was well received. His story *I'll Live Long* was awarded the Dongseo Literary Award for 2002. Since 2001, he has been teaching literary composition at Chosun Univeristy.

번역 유진 라르센-할록 Translated by Eugene Larsen-Hallock

유진 라르센-할록은 그에게 영감을 준 이를 이름으로 부른다. 로, 리, 캘, 마, 라, 샌, 킬, 브, 비, 밀, 베, 대, 부, 서, 이, 시, 태, 권. 그 첫째 및 그 마지막, 그를 만든 이 및 그를 완성한 이에게 사랑을.

Eugene Larsen-Hallock calls his inspirations by name: LAL, RDH, CA, MRLH, L, SD, SK, RB, LW, HM, JV, SK, B, S, LGS, S, P, JEK. With love to the first and the last, those who made him and made him whole.

감수 전승희, 데이비드 윌리엄 홍

Edited by Jeon Seung-hee and David William Hong

전승희는 서울대학교와 하버드대학교에서 영문학과 비교문학으로 박사 학위를 받았으며, 현재 하버드내학교 한국학 연구소의 연구원으로 재직하며 아시아 문예 계간지 《ASIA》 편집위원으로 활동 중이다. 현대 한국문학 및 세계문학을 다룬 논문을 다수 발표했으며, 바흐친의 『장편소설과 민중언어』, 제인 오스틴의 『오만과 편견』 등을 공역했다. 1988년 한국여성연구소의 창립과 《여성과 사회》의 창간에 참여했고, 2002년부터 보스턴 지역 피학대 여성을 위한 단체인 '트랜지션하우스' 운영에 참여해 왔다. 2006년 하버드대학교 한국학 연구소에서 '한국 현대사와 기억'을 주제로 한 워크숍을 주관했다.

Jeon Seung-hee is a member of the Editorial Board of ASIA, is a Fellow at the Korea Institute, Harvard University. She received a Ph.D. in English Literature from Seoul National University and a Ph.D. in Comparative Literature from Harvard University. She has presented and published numerous papers on modern Korean and world literature. She is also a co-translator of Mikhail Bakhtin's *Novel and the People's Culture* and Jane Austen's *Pride and Prejudice*. She is a founding member of the Korean Women's Studies Institute and of the biannual Women's Studies' journal *Women and Society* (1988), and she has been working at 'Transition House', the first and oldest shelter for battered women in New England. She organized a workshop entitled "The Politics of Memory in Modern Korea" at the Korea Institute, Harvard University, in 2006. She also served as an advising committee member for the Asia-Africa Literature Festival in 2007 and for the POSCO Asian Literature Forum in 2008.

데이비드 윌리엄 홍은 미국 일리노이주 시카고에서 태어났다. 일리노이대학교에서 영문학을, 뉴욕대학교에서 영어교육을 공부했다. 지난 2년간 서울에서 거주하면서 처음으로 한국인과 아시아계 미국인 문학에 깊이 몰두할 기회를 가졌다. 현재 뉴욕에서 거주하며 강의와 저술 활동을 한다.

David William Hong was born in 1986 in Chicago, Illinois. He studied English Literature at the University of Illinois and English Education at New York University. For the past two years, he lived in Seoul, South Korea, where he was able to immerse himself in Korean and Asian-American literature for the first time. Currently, he lives in New York City, teaching and writing.

바이링궐 에디션 한국 현대 소설 022
목련공원

2013년 6월 10일 초판 1쇄 인쇄 | 2013년 6월 15일 초판 1쇄 발행

지은이 이승우 | 옮긴이 유진 라르센-할록 | 펴낸이 방재석
감수 전승희, 데이비드 윌리엄 홍 | 기획 정은경, 전성태, 이경재
편집 정수인, 이은혜, 이윤정 | 관리 박신영 | 디자인 이춘희

펴낸곳 아시아 | 출판등록 2006년 1월 31일 제319-2006-4호
주소 서울특별시 동작구 흑석동 100-16
전화 02.821.5055 | 팩스 02.821.5057 | 홈페이지 www.bookasia.org
ISBN 978-89-94006-73-4 (set) | 978-89-94006-80-2 (04810)
값은 뒤표지에 있습니다.

Bi-lingual Edition Modern Korean Literature 022
Magnolia Park

Written by Lee Seung-u | Translated by Eugene Larsen-Hallock
Published by Asia Publishers | 100-16 Heukseok-dong, Dongjak-gu, Seoul, Korea
Homepage Address www.bookasia.org | Tel. (822).821.5055 | Fax. (822).821.5057
First published in Korea by Asia Publishers 2013
ISBN 978-89-94006-73-4 (set) | 978-89-94006-80-2 (04810)